看不见的

花

[意大利]莫冉（Riccardo Moratto）著

The Flower

Of

Translation

河南文艺出版社
·郑州·

图书在版编目（CIP）数据

译朵看不见的花/（意）莫冉著. --郑州:河南文艺出版社,2023.3

ISBN 978-7-5559-1426-6

Ⅰ.①译… Ⅱ.①莫… Ⅲ.①散文集-意大利-现代 Ⅳ.①I546.65

中国版本图书馆 CIP 数据核字（2022）第 224780 号

选题策划　　陈　静
责任编辑　　肖　泓
责任校对　　殷现堂
书籍设计　　刘婉君

出版发行	河南文艺出版社	印　张	7.125
社　址	郑州市郑东新区祥盛街 27 号 C 座 5 楼	字　数	133 000
承印单位	河南瑞之光印刷股份有限公司	版　次	2023 年 3 月第 1 版
经销单位	新华书店	印　次	2023 年 3 月第 1 次印刷
纸张规格	889 毫米 × 1194 毫米　1/32	定　价	58.00 元

印厂地址　河南省武陟县产业集聚区东区（詹店镇）泰安路
邮政编码　454950　　电话　0371–63956290

Prof. Dr. Riccardo Moratto, 莫冉教授(字远复), 博士, 现任上海外国语大学高级翻译学院教授, Routledge Studies in East Asian Interpreting主编、Interdisciplinary and Transcultural Approaches to Chinese Literature主编, 以及上海外语教育出版社"口译丛书"主编。Riccardo Moratto教授曾在许多国内外著名大学任客座教授, 也是中国翻译协会专家会员、澳门翻译协会荣誉会员、杭州市公共外语标识规范化工作专家委员会顾问、欧洲翻译研究学会会员及欧洲汉学学会会员。2021年, 入选"皇家特许语言专家学会"(CIOL)会士(Fellow)。

Moratto教授是一名国际会议口译员及著名文学译者、散文作家; 通晓数国语言, 包括英语(母语)、意大利语(也是母语)、中文、法语、挪威语、西班牙语、泰语、印尼语、越南语等。Moratto教授亦曾担任台湾电视台的主持人及演说家。

Success consists of going from failure to failure without loss of enthusiasm.

——Winston Churchill

成功是在从一个失败到另一个失败中，却不失去你的热情。

——丘吉尔

献给从一个失败到另一个失败，却不失去热情的你。

——题记

序一 有一种语言，与母语相亲相爱

著名作家 李洱

在我认识的汉学家当中，来自意大利的著名汉学家莫冉教授（Professor Riccardo Moratto，笔名韦佳德），无疑是年轻一代中的佼佼者。他是汉学家的升级版，拥有顶级配置。他的汉语表达能力，足以与中国最优秀的作家相比。我甚至认为，他的汉语水平超出了绝大多数中国作家。他在不同语际之间穿行的姿态，令我想起杜甫的名句："穿花蛱蝶深深见，点水蜻蜓款款飞。传语风光共流转，暂时相赏莫相违。"如果说与杜诗所写的境界有什么不同，那就是他并非"暂时相赏"，而是能够深刻地体认不同语言、不同文化的差异和奇妙，并且能够准确地将它诉诸语言。也就是说，他既是穿花蛱蝶,又是花朵本身;他既是点水蜻蜓,又是清涟本身。他使我想起了莲花,濯清涟而不妖,中通外直,香远益清;他也使我想起了莲花上的蜻蜓,从小荷才露尖尖角开始,他就已经在那里了,所以所有的花语对他来说,就是亲爱的母语。

莫冉很喜欢丘吉尔的那句名言:"成功是在从一个失败到另一个失败中,却不失去你的热情。"莫冉先生对自己人生经历和翻译生涯的追溯,使这句名言所隐含的悲哀与荣耀、伤感与勇气变得栩栩如生,令人感佩。

事实上,对于写作者和翻译家而言,最重要的品质、最重要的能力,就是能够先行到失败中去,先行到人生的困局、世界的困境、乌托邦的溃败中去,在那里流连忘返,然后道成肉身,化为母语和另一种与母语相亲相爱的语言。而对口译者而言,这无疑是更高的要求,有如持续不断的修行。当这种能力达到极致,它便类似于本能。没错,你必须在极短的时间内,以一种同步式的闪电般的思维,完成春风化雨、种子发芽并且抽穗的过程。

值得骄傲的是,莫冉完成得好极了;值得欣喜的是,莫冉的主要工作是在汉语和英、意、法、西、挪等语言之间进行的。

现在,当莫冉把这个修行过程,把春风化雨、种子发芽并且抽穗的过程,展现在读者面前的时候,我认为他向作家、读者,尤其是文学翻译家和口译者,提供了一个可供分析、借鉴的样本。当你打开这本书，你必有所思，必有所悟，必有所得。所以，我真诚地向朋友们推荐这本书。

序二 当语言不仅仅是一种工具

资深口译员 武馨

　　做口译这一行的同人们深知,我们的角色常常就是站在别人的身后,或是关在小小的同传箱中,把一种语言转译成另一种语言输出。看似机械的工作,却常常换来不同的回馈:听众或是昏昏欲睡或是不耐烦地摘掉耳机,抑或是不断点头、露出会心的微笑。在后一种情形出现时,我们心里的石头终能落地。

　　对于听众和演讲者来说,译员也好,译员所掌握的不同语言也好,无非是他们传递信息的工具而已。但对少数译员来说,语言不仅仅是达成一种目的的工具,还是成为目的本身。本书的作者,就是这少数人之一。

试想,在这样一个信息过剩的时代,越来越多的人满足于快餐式、碎片化的信息接收,却还有人去钻研古籍、字斟句酌,他必然是"反常规"的。而如果他是一个来自西方国家、大学时才开始接触中文的学子,十年之后却流利运用成语、诗词,可以用汉语教学、进行口译,用中文写诗甚至著书立说,我们又不得不对这种热忱和坚持表示钦佩。唯有抛开语言的功用本身、沉浸于其美感和境界之中,才有可能臻至如此造诣。这样的执着和专注,是早已远离功利之外的。而这也是本书带给我的感动。

　　作者用娴熟的中文,一方面讲述自己的成长及异国生活经历,文笔诙谐,带来流畅的阅读体验;另一方面以专业角度分析口译技巧、分享教学经验,对"文化意识"等理念的阐述可圈可点。相信不管读者是家长、学生、在职人士还是专业译员,都能在本书中就自己的疑虑找到解答。

自序 意中人，译中事

　　为这本书起名字，就好像为一个新生儿命名一样。一开始，我想到的书名是《越在地，越国际》。后来，我又觉得书名如果是《译事流：翻译是迷人的风景》会更好。然而，这些名字又隐隐使我觉得不太妥当，因为翻译只是书的一小部分而已。我总觉得这些名字仍少了些什么；我总希望我能在名字中同时凸显翻译与家母的面容，前者是我人生的永恒执着，而后者应是影响我人生最大的人。

　　因此，这本书也是我的故事，包括我自小对母亲的爱，对她失明的痛苦，各种挫折、委屈和自己成功的意志力。

　　后来同事帮我想到另外一个书名，就是《意中人，译中事》——现在我把它作为了自序的标题。

正如我在书中所提，我的母亲在我五岁时失去视力。这对年幼的我来说，是一个不小的打击。然而诚如那句老话，上帝给你关上一扇门，必然为你开启另一扇窗。中国的伟大史学家司马迁告诉我们，左丘明是一位盲人，这难免会让人想起失明的荷马。

记得当我年幼时，我们总会前往我家乡皮翁比诺（Piombino）的一个美丽之处——普恩塔·法尔科涅（Punta Falcone）。我总记得那里有一种我不知名，但我十分喜欢的花。我保存着一些花儿的照片，那是我父亲几个星期前拍摄的。

后来有一天跟著名作家李洱聊天的时候，他跟我说他曾在《花腔》里写到，羞涩是个体存在的秘密之花。这本书写到了伟大的母爱，写到了生命的波澜，写到了语际交流，这些都成为我的秘密之花，它发芽，吐蕊，盛开，结果。所以，他给我两个书名供我选择：《语言的秘密之花》和《语际的花蕊》。

李老师这么说，我恍然大悟，确实花是我人生当中很重要的一个部分。后来下定决心，要把这本书命名为《译朵看不见的花》。"看不见的花"，是来自《小王子》的"穹苍很美，因为有一朵看不见的花"。《译朵看不见的花》的含义丰富，它可以指我妈妈便是我人生当中的那朵花，而"看不见"是因为我妈妈是盲人；译朵的"译"不只谐音量词的"一"，又可作为动词，指涉着这本书跟翻译、跨文化等有关，从而归结到我母亲失明这一段经历，同时也不失文艺的气息。

当然，这本书也不仅仅是我自己及母亲的故事，这本书也包括了正在读这本书的你们的故事。我到过北京、广州、香港，也在上海及台北住过数年。我在书中提及的故事，也都是因为我长期在华人社会生活的所见及所思。

我总认为，任何人的自传、一生的故事，不只是单纯写他自己，还包括了他对生活周遭的人、事、物的互动经验；更直白地说，当一个人在说自己的故事时，其实也在分享这个世界如何对他敞开，如何对他有所意义。因此，我想通过这本书跟您分享，我生活在华人社会的感想与体悟。我想告诉你们，你们对我其实有着深刻而巨大的意义，没有你们，不会有今天的我。

在华人社会中，我看到华人文化美好又迷人的一面，这不仅是一开始引领我学习中文、来到亚洲的呼唤，更是我对华人文化至今不辍的深情依恋。华人社会的一些现象，又始终给予我在语言、文化以及我的志业——口译的无限灵感，不仅带给我知识的更新与检讨，也引领我持续对华人文化与社会省思。更重要的是，在全球化时代，我在不同大学任职并教学的经验，也让我看到跨语言、跨文化，甚至是跨文明的持续交流，仍有深刻的重要性。

因此，我希望这本《译朵看不见的花》能让你发现，在你们的语言与文化中始终存在着，但多数人却看不见的——

那朵花。

千言万语说不尽我对你们的深情。谨以此书献给我的父母、我的志业，以及你们——这本书的读者。

小确幸之外

岁月如梭,光阴荏苒。自从 2008 年到台北至今,我观察了好多变化,也经历了人生不同的酸甜苦辣。如今回首数个寒暑,如斗转星移,恍若隔世。

甫拾起并正阅读本书的您,对,就是您,想请问一下,您认识外国朋友吗?

答案想必是肯定的。

在当前全球化时代下,跟来自国外的人交朋友,可谓司空见惯且是必然之结果。

那么,我想再请你想一想,在你所认识的外国朋友当中,有欧洲人吗?

我想或许少一些,因为有些华人还是比较熟悉英国、美国,跟英语国家的人有比较多的接触。

最后想问的是,你们有人认识从意大利来的朋友吗?

几乎没有。或许,是根本没有吧!

记得在 2017 年时,我受邀参加台湾的大爱电视台的一个演讲节目,向现场的朋友分享我的故事。当时,在我准备演讲稿、思考自己所选的一切时,我恍然大悟,原来我 2008 年离开母国,先搬到上海,而后选择台北,都起因于母亲带给我的莫大影响。

我伟大的母亲,在我五岁的时候,不幸失明。当时的我,年纪虽小,但亲朋好友都说我天真无邪且聪慧过人。当我母亲失明时,我下定决心学习点字,只为了跟妈妈沟通。后来,我妈妈的状况让我了解到"另类沟通法"的重要性,也让我学习到沟通有多重要,而我也决定,我长大以后,一定要当一个连接不同文化的桥梁。

大学期间,我就读于罗马及挪威卑尔根的学校,并在卑尔根认识了来自中国台湾高雄的朋友。透过那位高雄朋友介绍中文,不但激起了我对中华文化的好奇,更让我下定决心投身于文化沟通的使命,特别是与欧洲文明差异甚大之中华文化。从此便认真学习中文。

有些人追求赚钱,有些人追求被需要的感觉。

我认为,薪水赚得少并不重要,真正重要的是你在做任何工作的过程当中,有没有成就感及责任感。就我而言,担任口译,发挥连接东西方文化桥梁之作用,赋予了我"被需要的感觉"。

缺乏文化自尊感

从上海搬到台北之后,它所给我的第一印象,记忆犹新。

十几年前,台北是一个非常国际化的地方。

但这几年看下来,这个地方有了一些改变,而这些改变让我五味杂陈。

我们必须找出问题出在哪里。或许是没有彻底了解并尊重自己的文化。许多年轻人把自己的未来寄托在别的地方上。

我曾参加许多演讲,并跟观众分享,在中国台湾的外商也强调国际化的重要性,欧洲商会与美国商会每年发表的《对台建议书》中,都在强调台湾应尽力让经商措施更简便、采用国际标准、松绑法规,并加强吸引外国人才。* 这些报告意味着外商仍认为中国台湾对外籍人才的吸引力不够。在"吸引外籍专业人才至台工作的意愿"上,台湾排名仅位居 26 名。我 2008 年初次抵台的时候,状况并非如此悲观。当时"亚洲四小龙"之一的台湾,如今已敬陪末座,问题究竟出在哪儿?

———————

* 读者可参阅 https://www.cw.com.tw/article/5067921。

关于自尊感,我曾在节目上常发表自己的想法。

在亚洲很多地区,不少年轻人欠缺对自己的文化以及母语的自尊感。

比方说我在台湾的时候,身为老外的我确实很受欢迎,甚至有时候比当地人还吃香。崇洋媚外的台湾年轻人,常常觉得只要跟外国人在一起,就会有一种莫名且无端而来、高人一等的骄傲感。不少在国外留学过一段时间的人,一回到台湾,明明身在华语区,却硬要讲英文,认为如此才能凸显自己喝过洋墨水、自己比较高级。我无法认同这样的行为。

国外月亮真的没有比较圆

中文是非常美丽的语言,可惜的是,随着时代不断发展,中文丢失了太多美好的文化内涵。在愈来愈多外国人学中文(汉语、普通话)的时代里,让自己的语言观越发国际性至关重要。

除了担任过主持人,我也在许多大学任教过。这些年来,我所教过的学生成千上万,虽然不该一概而论,但观察到确实有不少年轻人,尤其是那些喝过洋墨水的学生,崇洋媚外的趋势非常明显。许多留学生由海外回到华人区,对本地文化常带着有色眼光,甚至出现排斥心态。不过,这也归咎于台湾社会倾向给喝过洋墨水的人一种幻觉,就是让他们认为自己很了不起、很厉害,却不以能力论高下。这真是台湾及不少华人的悲哀。

中华历史悠久,文化内涵博大精深,年轻人应该以自己的文化为傲。日本、韩国之所以被国际认定为发达国家,是因为对自己的文化有无与伦比的优越感,一种充满正能量的种族自尊感,而非无以名之的自我感觉良好。只有肯定自己的历史文化,外国人才有办法认可你们。

鉴于很多上一代人总对出国念书的人抱以盲目而不切实际的幻想与偏见,我们年轻人的使命,就是颠覆这种偏见,并且要吸引国外的优秀人才,不要让自己的人才外流。

缺乏冒险精神

新加坡小如弹丸,却能在全世界抢人才之时,大量吸引尖端技术的移民,成为高阶优秀人才会集地,这才是大家该学习的榜样。他们有一个部门叫作猎才部门(Head Hunting Department),专门在国外募集人才。以前中国台湾也有类似的机构,2008 年我便是通过台湾当时的"国科会"在法国办公室获得一笔奖学金,因而来台。但现在呢? 台湾对优秀人才的吸引力越来越弱,同时,台湾人才不停地往外流失。

台湾挹注于各行各业的经费是不足的。经费不足,也就没有专责单位。尤有甚者,是台湾在各领域都缺乏冒险精神。

在演艺圈,这种趋势特别明显。很多制作人不敢尝试新型节目,不肯投资,企业家亦然。但请记住,不冒险绝对不会有任何进步。照本宣科其他地方已成功的节目很简单,但自己创新节目却很难。

用阅读强化沟通能力

沟通也至关重要。虽然大家口口声声说沟通是维系人际关系最重要的工具,但可惜的是,我发现太多人根本不会沟通,或在沟通上有很大的障碍。曾经在录节目的时候,我听某制作人跟工作人员通电话。该制作人一直重复讲述同一个概念八遍之多,可在我听来,其逻辑一直有很大的问题,导致对方依旧听不懂。这个问题其实很好解决,就是多阅读。

现在人不太爱看书。我问学生平均每个月看几本书,而百分之九十的答案是零。最理想的答案可能也就一本而已。事实上,阅读不单单只是读内容,在阅读的过程中,大脑须同步处理文字与信息的输入,并且读者须运用逻辑思维,才能将书上的内容转换为意义(当然,若文本内容超越可处理的逻辑,就会有读不懂)。可见,阅读的同时,也在协助刺激、厘清、建构并发展大脑逻辑能力,因此阅读会增加逻辑与思辨能力,日后说话或者听别人说话,也能避免有所误会。是故,我们要尽量改变社会整体对阅读的偷懒态度。

态度

论到态度,这也是另外一个关键词。

态度极为重要。做人也好,做学生也罢,都要讲究态度。

曾经,我在社群网站上透露自己被学生气得一时半会儿想卸下教职的讯息,也分享了上课时所发生的事,引起网友及媒体新闻热烈讨论:当天在授课时,突然看见一群素未谋面的学生闯入教室。我百思不得其解地跟他们说:"不好意思,现在几点了?"我彬彬有礼、客客气气地提醒他们目前还没到下一堂课的时间,希望他们能在外面稍候。我认为我的要求再合理不过,但结果令我万万没想到,这些学生竟不客气地对我大翻白眼后离开,并还在教室外头喧哗。这就是一个典型的态度问题。

若正在读书的您也是老师,肯定对于我的遭遇有所共鸣。这些教育的变质,也是这几年才慢慢发生的事。我真心希望社会可以多一份包容和反省。

不要井底之蛙,更不要因小确幸而知足。我常常听到一句话是"知足常乐"。我反而认为"知足"是进步最大的障碍。

最后,请您记住,不要怕失败。失败过,以后还是会失败。OK(好)的。完美的人之所以完美,是因为曾经失败过。说真的,我不太理解为什么现今社会把失败视为如此不堪。我们应该视败如归,失败是成功之母,只有通过失败,才了解什么最适合自己。失败,就是更靠近成功的一条路;成功又是什么? 就是走过了所有通往失败,唯一、仅剩的一条路,那条路就是成功。失败经验,远比成功来得珍贵。我们都要学会原谅自己的缺憾及放下所有的执着,原谅他人的缺点,原谅自己的不完美。我非常喜欢英国首相丘吉尔曾说过的一句话:"成功是在从一个失败到另一个失败中,却不失去你的热情。"确实如此,实在说得太好了。

要记得。态度。冒险。失败。自尊。沟通。

最后,要让人们可获得真正的幸福,并且拥有一个明亮的未来,政府必须要提升国际竞争力,促进经济发展,提供丰富的资源,创造一个新的时代,人们不用再担心食品安全问题、污染问题,而我们也需要努力维护上个时代留给我们的环境与资源,让下个时代可以继续使用并传承下去。

目录

contents

儿时

梦想

Hold fast to dreams, for if dreams die, life is a broken-winged bird that cannot fly.

—Langston Hughes

坚持梦想，假若梦想幻灭，生命就如折翼之鸟，无法翱翔。

——蓝斯顿·休斯

倏忽即逝的梦想

"来了，来了！宝贝，公交车来了！"妈妈说道。妈妈略带罗马口音的温柔声音，仍时时回荡在我脑海里。

我还记得每一个细节……妈妈说话时轻声细语，就像水一样温柔而细腻。

那天，妈妈陪着我，连同身边的同学们，一起等着那辆破破烂烂的前往幼儿园的公交车。我当时最讨厌上学了，因为我不喜欢跟妈妈分开的感觉。那时，托斯卡纳路边随处可见的 bar(咖啡吧)，飘散着咖啡的苦味，似乎应和着我心中的郁郁不乐。

早上寒风凛冽，出门前我除了穿上厚重的毛衣，戴上帽子避寒外,妈妈也会再三嘱咐要围上一条保暖的围巾,才能保护易受寒的脖子不被冷风袭击。因为在托斯卡纳的冬天里,天气总是十分寒冷,人们总是搓着手,用力吹着,用热乎乎的气息取暖。

每次等公交车的时候,我心中都悄然期盼着那天公交车不会出现,这样我就可以跟妈妈一起回家看动画片。然而,总事与愿违,公交车每天早上都会准时抵达,总像迫不及待的情人,以废气及喧哗与我相拥,勾肩搭背地逼我上车。

"我不想去,我想陪着妈妈。我不想去上课!"当时才五岁的我,总是在公交车抵站后,泪眼愁眉。

"小麻雀要乖,你去上课,很快就可以回家陪妈妈,不是吗? 乖,擦眼泪,赶快上车,要开心唷!"妈妈抱着我说道,亲了亲我的脸颊,鼓励我上车。

"哦,对了! 妈妈,差点忘了! 这个要送给你!"我兴奋地将双手伸进口袋里,拿出一小块已被挤压成烂泥的披萨。

"宝贝,这是什么? 你口袋怎么会有脏的食物?"妈妈一头雾水问道。

"昨天中午的时候老师给我们吃披萨,我想说,我偷偷拿一小块回家给妈妈吃,这样好像你也来了幼儿园,跟我一起上课的样子。昨天忘了给你。要记得吃掉哟!"趁机再亲妈妈的脸颊,就步履如飞地赶紧上车。

上车后,我望向窗外的妈妈,她强颜欢笑,一个劲儿地挥着手,跟我道别。随着车辆驶离,我仍望着逐渐变小的母亲的身影,以及那个依旧笑眯眯的容颜。

这是我这辈子最初的回忆。在此之前,一片空白。

说来奇怪,人生的前三到五年,从出生到爬行、牙牙学语,到自行走路、说话,长大后,这些经验似乎过眼烟云似的,若无其事。这不是因为我记忆特别差。这在语言学家眼中,是正常的现象,叫作"幼年经验失忆症(Infantile Amnesia)",而且你我都有。人类不记得三岁之前事情的主要原因是,三岁左右的幼儿才开始具备透过语言将记忆编码,并且用口语方式回忆事件的能力。记忆专家罗芙特丝(Elizabeth Loftus)指出,成人若要探索儿时记忆,就像数据原本是以Windows 95储存,现在硬要用Windows XP开启,结果就是难以达成。归根究底,就是语言的问题。不过,除了语言之外,也有其他可能的解释,有一派解释是认为婴儿刚出生后,脑中的海马回或额叶皮质等部位都尚未成熟,因此尚无记忆能力,要一直等到这些部位慢慢发展,婴儿才有建构记忆的能力。换言之,这一派不认为记忆必须透过语言才得以建构,记忆之不存在,纯粹是因为海马回或额叶皮质等部位都是情节记忆储存、回想的重要构造,所以生理上的不成熟,自然会影响记忆形成能力。

如果您还记得三岁以前所发生的点点滴滴,可能是因为你透过相关照片、他人告诉你等媒介不断灌输,使你产生自己曾经置身于一岁生日派对。你可以想象当你一直阅读某立场的报章杂志，这些媒体不断用片段讯息塑造你的世界观，你就因此认为世界就是你所相信的样貌，殊不知这只是旁人制造的二手假象，而非亲身经历的第一手印象。

话说回来，我今生亲身经历的第一手印象，就是跟我妈妈在公交车站道别的那一幕。的确，我没有任何关于在三岁之前完整的回忆片段，只不过仍对婴儿时期的感觉犹有印象，就是无忧无虑，幸福无比。或许是因为感受记忆无须具备使用熟悉的语言把记忆进行储存整理，或用口语讲述过往记忆事件的能力。一般来说，左脑主要掌控的是语言能力，有关语言的叙述逻辑（我们一般学语言所称的语法／文法），都属于左脑掌握的区块，相对于左脑，右脑则是感性派的拥护者。有关于灵感、直觉、直观、美感、喜悦、感动等感性要求的，是以右脑掌握为主。有道是"幸福在右脑"，也正是此理。美国心理学家霍华•克莱贝尔的右脑幸福定律内容是："右脑使人幸福，左脑用得多的人不易感到幸福。"也许当我左脑尚未发展成熟之前，我右脑已充分接收到父母赐予我的幸福。

这让我不禁想到一件事，来到亚洲之后，总有人跟我说，意大利人有特别的美感。的确，相对于规律型的美，意大利人的美感体现在生活中、细节处。意大利的经济不是最强盛的，但提到意大利设计，一般人容易把色彩、优雅、精致、品位等词与之联想到一起。或许就是意大利小孩在语言能力还未彻底发展前，我们就因为爸妈的爱"开发"了右脑的感知能力,这项能力伴随着意大利小孩成长,转为全体国民的美感底蕴。让法国时尚品牌纪梵希(Givenchy)从质朴华丽变身的 Riccardo Tisci,就不止一次说过:"我的妈妈就是一个典型的意大利妈妈,她对于她身为一个母亲的身份感到骄傲,典型的意大利妈妈就是不管我几岁、我多有成就,我永远都是她的孩子——永远待我如我未长大般。"他形容他的家庭时,爱永远是主题,副主题则是因为爱而拥有的美丽事物,如笑容、快乐、因被爱而生的感受力,等等。这个因爱拥有美丽事物的能力,是意大利人一生中很重要的宝藏,甚至是类似传家宝的地位。意大利妈妈从小孩出生那一刻起就无止境地爱着小孩,我的妈妈对我如此,我的外婆也是这样,仿佛她们一辈子中,最重要的事情就是无止境地给孩子们爱、让孩子们在爱中成长、让孩子们知道爱到底是什么。所以,意大利小孩对于爱的感受力特别深刻,可说是特别幸福的一群孩子。

意大利的父母特别疼爱自己的孩子,比起欧洲其他国家,较不肯让自己的小孩过早展开自己的翅膀,独立面对世界。三十几年后的今天,对我妈妈而言,我还是她的小麻雀(Passerotto)、小不点(Piccolo)、小药丸(Pasticca)、小宝贝(Tesorino)、小冠军(Campione)、小珠宝(Tesoro)。意大利父母对孩子的昵称之多,多到几乎可以出一本书来专论。

在爸妈给予的幸福里,对当时五岁的我来说,这个世界是充满天真和遐想的,有无限样貌与奇妙的可能。我相信世上有圣诞老公公,有白雪公主和白马王子。当时的我也相信我肩膀上有个随时随地都陪着我的"地精"(Gnome)。"地精"是一种欧洲的传说的妖怪,身材矮小,头戴长长的红色帽子,身穿伐木衣,经常在地下活动,成群结队出没。他的特性与其他传说中的生物很相似,他亦经常被误认为精灵、哥布尔或矮人。我还帮他取名字,我的"地精"叫作David,如同《小矮人戴维》(*David the Gnome*)卡通主角一般。

当时的我,觉得妈妈会是我永远的女朋友,也觉得身为妈妈的独子,必定用我的生命来保护她及回报她所给我的幸福。五岁的我坚定不移地相信《仙履奇缘》里所听到的歌词:"梦想是你内心最深的渴望(A dream is a wish your heart makes.)。"我内心最深的渴望,无疑是天天让妈妈开心,快速长大以便陪她看看世界之美。

自以为幸福掌握在手掌的我,多傻啊,多天真啊。没想过幸福是我一双小手掌握不住的,稍有缝隙,便会如雨后彩虹,稍纵即逝。也从没想过幸福于我如此脆弱,我的小手抓不紧它,我的小脚追不上它无情转身远去的速度,只得望着幸福的背影喟叹。

那个送我上校车的妈妈,告诉我上学要开心的妈妈,总是亲亲我的脸、暖声鼓励我的妈妈,当时她的眼睛仍然看得见这个多彩多姿的世界,谁能料到,她举起手挥手作别的那一刻,却是最后一次看见她的小麻雀的脸。那天后不久,妈妈眼睛生了病,再也无法恢复视力。从妈妈失明的那一刻起,我的世界也随之变得幽昧昏暗,那个要保护妈妈的梦想转眼间倏忽即逝,那个要让妈妈天天开心的愿望,也随着妈妈的失明,仿佛遥不可及了。

内心最深的渴望旋踵即逝,消失殆尽。一夜之间,我的宇宙仿佛都破碎了。生命就如折翼之鸟,再也无法翱翔。

死荫的幽谷。无色,无望,无梦。

All our dreams can come true, if we
have the courage to pursue them.
——Walt Disney

只要我们有勇气去追梦,
所有的梦想都能实现。
——华特·迪士尼

梦想的力量

无色,无望,无梦。

妈妈再也看不见缤纷彩虹,艳阳之色。无色,无望,无梦。

睡觉之前,再也无法念故事给我听,或陪我看卡通。我长大后,再也无法陪妈妈出去走走,看看世界之美。世界已不存在。无色,无望,无梦。

我那时幻想一夜之间染上绝望之疫,土崩瓦解。上课时满腹忧愁,回家后寝食难安。还记得那时,天天被千愁万绪困扰着的感觉,似乎一切的一切毫无意义。

无色,无望,无梦。我这样持续了一整年。

后来,我妈妈决定离开家乡,前往她的出生之地(罗马)去参加盲人学校。

当时,我们住在托斯卡纳的一个小镇,名叫皮翁比诺(Piombino),一个坐落在海角上,面对举世闻名之厄尔巴岛(Isola d'Elba)的小镇。从我们家望向窗外,便可俯瞰第勒尼安海的托斯卡纳海岸线。美得令人窒息,简直是世外桃源。意大利早上的空气有一种难以言说的香味,搭配着海鸥唱歌的声音,散发出地中海之芬芳。那些托斯卡纳特有的花香,让空气更加清新;清澈透明的海水,似乎以令人敬佩的尊严,向世人证明地中海绝对能够与群岛媲美。任何在如此美丽的地方出生长大的小孩子,绝对幸福得无与伦比,悠闲清静的安逸,简直羡煞世人。然而,一夜之间,证明了这些美好都只是凤毛麟角的须臾,稍纵即逝的幸福。

就这样,一个早上,我妈妈坐上火车,前往祖父母所住之地,准备在意大利首都罗马,参加盲人学校,重新学习日常生活,重新适应如何以盲人的身份过日子。长大后,我才会慢慢明了,失明或者失去听觉并非世界末日,无色、无声的世界,亦有其运作的原理及其独特之处。像我们一般看得见的人,在晚霞之时,主要是以视觉来欣赏日落。但你可以想象用听觉甚至嗅觉来欣赏日落吗?你会发现,原来连日落如此浪漫的时刻,都可以用很多不同的方式体会,而且每一种体验截然不同。去夜店的时候也是如此,聋人朋友们(聋人不喜欢被叫听障人士)甚至可以跟我们听得见的人一样玩得尽兴。我们听到音乐,他们感受到震动。世界之美,在于它的包容及多元性。

不过,当时的我,根本不知道这么多。对一个即将上小学一年级的小朋友而言,确实是无法理解的,甚至当时的我觉得很不公平,根本不懂为何命运如此捉弄我,为什么把我们家败成人尽可欺的低阶种姓。

第一天下课,我父亲非常准时来接我,强颜欢笑。其他同学父亲旁边,都有牵着其手的老婆,打扮得一个比一个标致,然而我爸爸身边却缺少妈妈的相伴。自从我妈妈失明的那一天,爸爸不得不和孤独握手言和,结伴同行。

我还记得那个时候我最期待的总是周末,并不是因为周末我不用上课,而是因为妈妈周末不用上课。每到周六下午,爸爸会开着车,带上我一同去火车站,迎接妈妈回家。我会在站台等着火车的抵达,然后在火车尚未停妥之前,洞察车厢的每一个脸,看妈妈在哪儿。我不想她下车之后,因为我没能及时抱她,而导致她害怕或感到惊慌。一旦看到妈妈在哪个车厢后,我会开始在站台上狂跑,跑得愈快愈好,只要能够在她还没有下车之前,赶到火车门外,并且在第一时间紧紧地抱着母亲。哪怕栉风宿雨,亦甘之如饴!

过了几个月,父母决定让我搬家,到罗马继续念书,至少待到妈妈从盲人学校毕业为止。这样我们一家三口终于团圆。

在罗马的日子确实无忧无虑。有父母的爱,也有祖父母的疼惜。在罗马，第一天上课，我就与此生启发我最深的一名老师结缘。有一天，在闲聊的时候，她突然对我迸出一句话："小朋友，你要牢牢地记住，切勿盲目跟风，随波逐流，只要我们有勇气去追梦，所有的梦想都能实现。"当时，她万万没想到，如此简单的一句话，却在我心中种下了希望之种子。我的世界遽然加添了色彩和希望，我对未来又重燃起梦想了。老师的教诲让我感受到，世界上最伟大的力量，无非就是梦想的力量。

妈妈毕业之后，我们又回到皮翁比诺。

1993 年，当时的罗马有五百多万人，然而皮翁比诺却只有四万人。或许是习惯了大都市的胸襟和气魄，原本小时候很喜欢皮翁比诺这个家乡的我，后来却起了些许反感。事实上，我那时非常憎恶皮翁比诺人，认为家乡的人们简直就像是井底之蛙、充满着偏见与歧视的小人。所以，父母通知我要回家之时，我并不开心，反而有一种不祥预感从心中悄然而生。

这个不祥的种子，在我心中落了户、扎了根。

随着回皮翁比诺的日子越近，这个不祥从种子长成小树苗。我在罗马这个大都市，体会了城市的便利与文明开化，想着若回到皮翁比诺那个乡下地方，会一样便利吗？呼吸到的空气还一样自由吗？更深层的恐惧，是故乡的人们还一样不文明、爱歧视、对妈妈充满偏见吗？就在回到皮翁比诺那日，这棵不祥之树，正式长成一棵张牙舞爪的铁树，站在地狱门口,等着刺穿我们。*

　　我们一家三口回到了那个坐落在海角上的皮翁比诺,却也是我妈妈被凄惨欺负故事的开始。歧视弱势,人心险恶,完完全全体现在妈妈的遭遇上。

　　意大利人的办公室非常冷漠!放纵那些坏人欺负没有能力反击的弱势族群。我妈妈从盲人院暨学校毕业后,可以胜任的工作并不多。妈妈找到在市政府接电话的工作,也就是担任所谓的接听人员。这种工作对盲人来说算是首选。在妈妈到任之初,状况并无异常。然而,没过几天,妈妈开始觉得办公室的气氛不大对劲。原来,我伟大又聪明的妈妈,在受过盲人学校的训练后,重新学习怎么过生活,完完全全学会了独立自主的能力,但也因为这样的独立自主,让她的同事不相信她是盲人,认为妈妈是装出来的。那些同事为了证明自己可笑的猜测,每天都会在我妈妈的电话上放假蟑螂、假蛇,故意要吓她,看她会不会露出马脚。但妈妈就是真的看不到,常常在开始工作时触摸到那些吓人的假生物,当时吓得情绪难以平复。虽然这些并不是真的生物,但凡有血气、还活着的正常人,在没有预警之下近距离触摸到这些东西,都还是会吓到花容失色!那些心肠歹毒、令人发指、蛇鼠一窝的恶劣同事,仍然不相信妈妈眼盲,他们竟然还沆瀣一气,毅然跑去控告我妈妈是假的盲

　　＊　地狱铁树,是取自佛道教对地狱的想象,十八层地狱里的铁树地狱意象。

人。岂有此理！我妈妈很无辜，最后必须配合，前往法院及医院去证明她是真正的盲人，非常委屈又无助！甚至还有不配为人的同事，看到盲人就见猎心喜，为了满足其欺负弱势的心态，常常刻意地"不小心"将妈妈绊倒。可怜的妈妈，每天下班一个人千辛万苦拼命回到家后*，总是身心俱疲，常常哭着看着当时的我问道："为什么人类这么坏？我做错了什么？"我当时无言以对，也无法用千言万语安慰妈妈，但我心里清楚地知道，她当然没做错什么。虽然说不出口，但心里喊着："妈妈！我们有彼此！你对我的爱，无人能比！你很棒，你真的很棒！你是我认识的最伟大的人，你这么多年来的辛苦，绝非枉费！你放心，等到我的羽翼丰满了以后，我一定会帮你讨个公道！"

小时候，我不太善于社交，常常在大众面前会显得特别别扭，一点都不自在。不过，在家里可不一样。我的亲朋好友都会跟我说我还蛮口齿伶俐的，而且个性灵活乖巧，善于应变。事实上，这些优点的潜台词，就是拿我没辙，不管怎么着，还是管不住我这一张嘴。当我看到母亲受到如此委屈，我念小学三年级的时候，毅然决然下定决心，为了保护任人践踏的妈妈，长大后我一定要当律师，为我妈妈讨回公道。

在正义女神面前，没有贫富贵贱，人皆平等，一视同仁。

---

* 当时我爸爸每天要上班。退休后，我爸爸每天早上、下午都会专门开车陪着母亲上下班。

女神用布条蒙眼,避免眼前所见干扰正义,失明的妈妈,用她的一双眼,让我看见最险恶的人心。

踩着铁树,迎刃而上。我无所畏惧。

Twenty years from now you will be
more disappointed by the things that
you didn't do than by the ones you
did do.

——Mark Twain

距现在二十年后，你没做
过的事将比你做过的事，更令
你感到失望。

——马克·吐温

在理想与现实中看见所爱

律师。为了保护自己受委屈的母亲，一个小学生的梦
想是当律师。回想彼时，当初的我对法律一窍不通，对律师
这种职业更是一头雾水。无论如何，生命重新有了梦，点燃
了我心中差点熄灭的火焰。

意大利小学总共五年。我念到小五时刚好满十一岁。
即将从小学毕业的我，不时会跟父母认真讨论长大后要从
事什么行业。虽然自小有很多不同的兴趣，像外语、演戏，
等等，但自始至终都没有忘却心里对妈妈的承诺。当时，我
父亲在厄尔巴岛有一个表弟，他刚好是律师。所以，我父母
决定带我去找他，跟他聊一聊关于他工作的点点滴滴，看看

律师工作是否真的适合我,一探究竟。

复活节之际,意大利学校刚好放假。我满十一岁那年,我们一家三口坐船去皮翁比诺对面的厄尔巴岛,拜访我们家的那名律师。

厄尔巴岛,海水清澈,天空湛蓝,毫无被石油污染之气,因此有个外号叫"大珍珠外岛"。厄尔巴岛也以流放拿破仑之地而闻名。在拿破仑战争中,由匈牙利、普鲁士、俄国、瑞典、大不列颠、爱尔兰联合王国及莱茵联邦部分邦交国组成的第六次反法同盟,击败了法国,拿破仑因此被放逐到意大利的厄尔巴岛。

厄尔巴岛最举世闻名的古迹就是"拿破仑故居",不仅是因为这曾是流放拿破仑之地,还是全托斯卡纳最著名的中古世纪山城。我小时每次跟父母坐船,前往大珍珠外岛之时,都会尽兴眺望厄尔巴岛的绝美海湾,享受海风。小时候一直认为自己特别幸运,因为厄尔巴岛是意大利第三大岛,也是全欧洲最美岛屿之一,在这鲜为人知的世外桃源,可以尽兴享受拥有意大利沁凉海水的沙滩,最适合沉溺于无所事事(dolce far niente)的意式生活。

当天,我父亲载着我们一家三口到港口,然后直接开车上船,接下来我们仨走上船舱甲板,一边欣赏海景,一边享受日光浴。意大利的阳光很神奇,因为挟带着地中海的清爽海风,柔抚双颊,相当舒适而不灼人。不过,每次搭船前往大珍珠外岛,最令人期待的风景无疑是看到海豚。不到一小时,便可到目的地。

我对厄尔巴岛印象深刻,除了当时是第一次去,也是因为看到令人印象深刻的美景。我还记得爸爸带我去看一个特殊原因形成的湖,叫作红湖(意大利语:Il Laghetto delle Conche)。湖泊的颜色犹如新鲜血液般鲜红,是因为雨水会将此矿区盛产的赤铁矿、黄铁矿、菱铁矿和褐铁矿等矿物冲刷溶解在湖水中,氧化后,形成如此别于一般的湖色美景。

我自小特别羡慕我们家的那位表弟,能够住在如此浪漫的世外桃源。他的别墅(小时候还不知道做律师很赚钱)是经典的充满地中海渔乡风情的地方,窗外一望无际,渔船上整理渔网的渔夫、成排的游艇,以及无忧无虑吸收太阳能量的居民,微热的风带来溶化松脂与橄榄的香气。能够住在这儿,心旷神怡,令人羡慕不已。

不过,那年的厄尔巴岛,教会我一堂终生难忘的课。如莎士比亚所言:"闪光的东西,并非都是金子;动听的语言,并非都是好话。""是金子总会发光",但闪闪发光的并不一定都是金子,一块碎玻璃,一块破铁片,甚至是一块光滑的鹅卵石,经太阳一照都会发光,甚至你拿着它们用特定角度对着太阳,也会闪闪发光,但是,它们本质上都不是黄金。最可怕的就是,将不是黄金的东西,包上一层金箔,镀上一层金亮的外表,让你误会它是黄金,才让人感到恐惧。就像后半段所言,"动听的语言,并非都是好话",那些包藏祸心的言语,用裹着蜜的外表沁进心里,根本就是毒药,让人心惊!

如从梦中吓醒似的，与爸爸的表弟对谈之后，十一岁的我意识到律师这份职业没有我当时想象中那么高贵、有品德。跟我爸爸的表弟说话之时，他突然问我说："你为什么要当律师？"我就回他："为了保护我妈，为了帮她讨个公道。"他又面无表情追问道："所以你觉得我们律师都是为真理而奋斗吗？"我很天真地回一句："那当然，不然咧？"

　　当天我爸爸的表弟讲了一个关于古代希腊辩士学派（Sophists）的故事给我听，通过他的讲解，我才恍然大悟律师这个职业的本质。在公元前5世纪至前4世纪，那时有一批教师和哲学家，认为这个世界上没有绝对的真理或正义，因为不管是良善、真理、正义，说到底都跟人自身的利益相关，所以众人认定的真理或正义，其实是一个相对值而非绝对值。信仰这个价值的人，自成一派，称为辩士学派（Sophists），他们以巧言善辩著名，并且会收取酬劳，替金主服务，我们或可以把他们当成现代律师的前身。

　　辩士厉害到什么程度呢？他们可以把黑说成白，把白说成黑，而且通过演说技巧让万众信以为真。哪怕在大众面前说，他们前一天在空中看到一只翱翔的驴子，大家还是会买单。但是，在这些动听的语言后面，隐藏的是他们不可告人的目的和企图，甚至多数时候是为了特定目标的酬劳，这样经过包装的虚伪言辞，对我来说，再动听也不是好话。

　　那年，我正逢年少，年轻气盛，不懂得为人处世，喜欢争强好胜，当我父亲的表弟描述他工作时，我不见得相信他说的每一件事情,但确实一直全神贯注,满怀好奇地听着他跟我分享的一切。只不过,我实在无法接受这样的一份工作。毕竟,对我来说,我无法接受德与非德的界限是模糊的,德需为真,伪即不德,不可能有伪德这个层次的存在。就这么简单。

离开了厄尔巴岛,我心乱如麻。虽然还是很想为妈妈做点什么,但我知道自己无法一辈子都做这种工作,时时需要放下我的良心。如此一来,我就放下当律师的念头。

回到皮翁比诺之后,我前思后想,若不当律师,我还能做什么。一开始,当律师也是为了让妈妈开心,所以接下来还能做什么事可以让妈妈开心、以我为傲呢?

后来,有一天,我一个人信步在望穿地中海域的"世界之眼"——玻薇欧广场(Piazza Bovio)。自小只要有心事,我都会去——玻薇欧广场散步,散散心。我还记得小时候,就跟我一样,所有皮翁比诺人至少一天一次,都会到玻薇欧广场散步一下;当时的我,把此情此景视为理所当然,不怎么稀罕,直到我离开意大利之后,才发现自己跟很多皮翁比诺人一样,过着一种身在福中不知福的生活。玻薇欧广场是全欧洲甚至全世界最美最独特的海岸广场,我会这样说,不仅因为这里是我的家乡,且是因为在我旅行世界许多角落后所得到的感想。那天,走着走着,闭上双眼,听到海浪声、海鸥叫声夹杂着海滩上小孩玩耍雀跃欢呼声及响彻小镇每个角落的教堂钟声。阵阵微风吹拂。然后,在脑海一瞬之间浮现一个画面，就是，小时候妈妈跟我说的一句话。

送给妈妈已捏成烂泥的披萨片的那天，放学回家后，妈妈亲着我脸颊，告诉我说："小麻雀，要记得喔，你开心，爸爸妈妈才会开心！你要敞开胸怀，去做自己想做的事，无论别人怎么说、怎么想、怎么看你，自己快乐，最为重要！"

对嘛！自己快乐，最为重要！我做让自己开心的事儿，父母才有办法开心。如同茅塞顿开似的，信步"世界之眼"之时，我下定决心，重新开始学跳舞。小时候，我特别喜欢跳舞，只不过在意大利，但凡喜欢跳舞的男生，都会被贴上"娘炮"的不雅标签。男孩儿就是得学踢足球，学跳舞是妹子做的事。因为我对舞蹈的炽烈热情，自有记忆以来，没有不被霸凌过的一刻。不过，"世界之眼"让我鼓起勇气，重温舞蹈如此深奥的一门艺术。

后来，过了一段时间，我对软骨功也产生了兴趣。每当马戏团来到皮翁比诺时，我都会去找里面的软骨人，跟他们打交道，了解他们的艺术及其生活模式。有一天，马戏团的杂技演员问我一句话说："要来马戏团工作？确定吗？小朋友，好好思考，千万不要冲动。你最喜欢做的是什么？我的意思是说，当你做这件事的时候，你心里觉得，时间过得特别快，心里充实，这件事是什么？"我凝思默想，思前想后，反复思考。

学习舞蹈，除了跳舞时的快乐，在韵律的快慢之间，更多时候是你必须和舞伴、和音乐间有一种交流沟通；而我自从五岁,也就是妈妈失明的那天,为了能够跟她无障碍地沟通,我手不释卷地自学点字(Braille)。短短一个月之内,我自学成功。能够这样当一种跨文化的桥梁,让当时的我特别有成就感。文化不见得是跨国之间,盲人也有属于自己的文化,所以当我在帮妈妈与别人写信沟通之时,也是发挥跨文化桥梁之功效。

于是,我深思后跟马戏团的杂技演员说:"互动,我最喜欢跟不同的人互动。"他偏头看了我一会儿,跟我说:"小不点,马戏团里面,过日子特别孤单,没有亲朋好友的陪伴,更没有固定的来往物件。你人生还长着呢,来日方长,要做什么都可以,不要将自己困在这个黄金监狱里。你喜欢互动,代表你喜欢跟人类有所接触。去吧!不要再幻想马戏团虚拟的金质燧边世界!"

杂技演员的那一番话,打下我通向钻研语言及口译的基础。律师、舞者、软骨功等理想,在某种程度上可与人产生互动,但获得的成就与快乐,却不及我帮失明的妈妈与外界对话时的喜悦。如意大利著名作家伊塔罗·卡尔维诺(Italo Calvino,1923—1985)曾在《看不见的城市》(*Invisible Cities*)所言:"未曾降临的未来,只不过是过去的分枝:死去的分枝。"当时的我,深深确立我未来要走的路,我要当不同语言、不同文化间的桥梁,让不同族群的人,可以畅己欲言、不被误解。

Every great dream begins with a dreamer. Always remember, you have within you the strength, the patience and the passion to reach for the stars to change the world.

　　　　　　　　—Harriet Tubman

　　每一个伟大的梦想都由一个梦想者开始。永远记住，你内在有力量、耐心及热忱去完成壮举来改变世界。

　　　　　　　　——哈莉特·塔布曼

迎向梦想的必备物——热忱

　　说到底,梦想究竟为何?

　　我一向认为,梦想是力量、耐心及热忱的结晶。不过,除了这三个因素之外,还有另外一个不可或缺的成分,就是勇气。

　　我还记得高中文学课,老师教我们当代非洲文学代表作者时,我就这样得知 Ernest Agyemang Yeboah(欧内斯特)的存在。看了他的作品,有一句话在我心中留下深刻的印象。"当雨水打湿你的羽毛时,别坐下哭泣,别等羽毛变干才起身翱翔;展翼上青天,你的羽毛就会干了。"欧内斯特教了我一堂终生难忘的课,就是但凡有梦,唯有鼓起勇气,行动起来,想方设法追梦才肯罢休。做事要坚持,无论旁人怎么看你,怎么说你,要坚持到底,绝对不可以半途而废。

常有人问我,勇气要怎么训练? 在充满着心灵鸡汤的现代社会里,要有自信、永远不要怀疑自己、始终相信自己等励志话语,恐怕无济于事。因此,我想跟你们分享我小时候信心被打败的故事,盼有启发他人之功。

虽然自小有过很多梦想,唯有对演艺与外语的炽烈热情始终如一。在 1999 年的时候,我外婆因周边动脉阻塞疾病而住院。当时,我每天下午都会陪着母亲与阿姨前往罗马最大的医院去看望外婆。坐在病床旁边的我,除了陪着亲戚聊天,也会常阅读外婆床边小桌上八卦杂志来打发时间。有一天下午,我在阅读一篇专访演员的文章,不知哪儿来的自信,突然对着外婆脱口而出:"我长大后,要当演员。"

你们猜猜外婆是怎么回我的? 你们是否认为得到的响应是"小不点,这么可爱,一定可以的!""好! 外婆支持你! 以你为傲"之类的? 并不是。

外婆大笑,仿佛我这样的想法是痴人说梦,带着高度戏谑的口气说:"你不够帅啦! 怎么可以当演员! 别胡思乱想,好好读书就好。别再做白日梦啦!"

我当时非常纳闷,百思不得其解,演技好跟长得帅根本八竿子打不着,没有必然的关系嘛。我当时对电影历史略有涉猎,意大利高中教育秉持着"腾蛇无足而飞,鼯鼠五技而穷"之精神,因此我们小时候什么都要学一点点,得以上过那么两堂电影课。不管怎么着,年纪很小的我也懂得一个很简单的理由:实力派演员吃饭靠的是本事,而非脸,这不是众所周知的事实吗?

犹豫了几分钟后,我对外婆说:"可是……杰哈·德巴狄厄也不帅啊。按照您的逻辑,他凭什么可以当演员?"卧在病床上的外婆,一副无奈的样子望着我说:"哎哟!他是个例外啦!好啦,乖!腿有点不舒服,帮我找护理师。"

那是跟外婆讨论演艺的最后一次。

我多么希望她可以活着,看她孙子成功的今天。不过,那是二十年后的今天。当时,我们再也没有讨论这个议题。至今,我衷心感谢我外婆当天试着削弱我的信心,她的话语虽然当下阻止了我的想望,却没打击到我内心的勇气与热忱。因为如同被风吹的蜡烛,外面环境愈欲灭之,它就熄得越快,但热炭就不一样了,你越用扇子扇,其愈炎烈、愈火热。

所以,训练勇气之前,要把自己练成火热的炭,而非一支点火的蜡烛,否则风一吹就熄了。这理由很简单,蜡烛中间有一条芯,所以那火再怎么大也只是在有限范围内,风一大点或强点,烛火挣扎着几下便灭了!而炭在燃烧时,会一直扩烧到每一块炭,所以煽风时会让炭燃烧面积加大。换言之,我们的心要变成那块炭,除非用很大的风持续地吹,否则不会因外来因素降低自己心中的火焰。而这块炭,就是篇首所提到的热忱。唯有源自内心发起的热忱,才会让你充满勇气、耐心去追寻所爱,也唯有如烧炭法的热忱,才不会让你因外在风雨而灭了这热忱温度。

如今的我,衷心感谢外婆当时的训练。她给予我力量,让我去相信自己。力量、耐心、热忱及勇气便是前往美梦成真的万能之钥。我认为真正勇敢的人,不是因为他不害怕,而是他明白何者为惧,却仍愿意面对恐惧,让勇气战胜恐惧,就算是浑身怕到发抖,也要朝自己的目标前行。

如果你的一生不能说话,你会不会害怕? 如果你的后半生只能困在轮椅上,你会不会失去追梦的决心? 有个人在这样的困境中,仍然完成他的目标与梦想,而且那人你我熟知,那就是与爱因斯坦齐名的伟大科学家霍金(Stephen Hawking)。

霍金这人的状况,如果发生在一般人身上,想必是一个无比悲惨的状态吧! 但他不屈服命运,他并没有因此浇熄心中对宇宙探索的科学之火,他不害怕以自身的模样面对世人,反而参加派对、上节目、做研究,还出了两本畅销书,我相信,他是越挫越勇的代表,也是实现梦想与人生志业的目标。梦想,永远不是离我们太远,而是我们不够努力去靠近梦想,不够认真去将它实现。

往梦想前进的路,并非一条直路。在台北这些年,常有人问我,Rick,你是怎么确定你要走语言或是口译这条路的? Rick,我最想做的事情是 A,但我现在做的是 B,如果是你,你会怎么办?

我只能说,我不是你,我不能跟你说我会怎么办,但我会跟你说,这种时候,不妨选择绕点路的实现梦想之道,也是一种可行的做法。

　　相信很多正在看这本书的人,你们一定有过这样的时刻,梦想与现实,究竟该选哪一个?

　　亲爱的,我们先抽离二选一的困境来看事情。你有没有发现,这个世界太爱用二分法来看事情了!大人与小孩、男人与女人、成功与失败、有钱与贫穷……这些二分法,好似规范了你的眼界与行为。谁说在梦想与现实,我只能选择其中一边呢?

　　还有一种选择,就是在现实中,静待实现梦想的机会。这并不是要你在现实中做着你觉得讨厌的事情、讨厌的工作,然后,有天梦想就会从天而降一样。

　　在现实中,静待实现梦想的机会,并非要你等待,而是要你做好追梦的准备,那就是尽力地养活自己、增进专业,这样才能在机会来临时,一把抓住不错过。

　　曾在台湾上电视节目时,我遇到过一位剧组的工作人员。他做人客气幽默,做事也非常明快得体,唯一的抱怨就是钱少事多,有时有点不开心。有次我问他,这位小哥,你既然做得不开心,干吗不换个工作或换个环境,也许会不一样的呀!他只淡淡回我说:“我在存钱,等我存够了,我要回家开个小摊位,远离这些狗屁人与鸟事。”那时,我只当他是一时抱怨,没想到一年后再去录那个节目,这位小哥不见了！我问其他工作人员,知道他回家开了间小甜点摊,每天卖手工甜点很是愉快。原来,他在一边做着幕后工作的时候,一边去上了甜点课程,存够了钱,真的回家创业。

这就是我所说的第三种选择,暂且在现实中活着,不要忘记精进自己的专业,总有一天,你也能像那位小哥,往梦想奔去,最终实现梦想。

前往梦想的路,如果平坦,那我恭喜你;但我相信,每个人往梦想前进的路,总有许多曲折,否则那些成功故事不会激励你我,也不会常常引人泪流。

身为一个外国人,我的梦想之路,虽称不上波澜万丈,但也起伏不断,可我始终有着热忱,不管怎样的曲折,也不曾浇灭我的心中之火,不曾!

青春

动机

Passion is energy. Feel the power that comes from focusing on what excites you.

——Oprah Winfrey

热情就是能量。专注于令你兴奋的事情，你就能感受到那股力量。

——欧普拉·温芙蕾（美国电视脱口秀主持人）

炽烈热情

"莫教授,为什么选择学习冷门的挪威语?"

"莫教授,为什么读大学的时候,到挪威的卑尔根大学留学而非英国或是美国?"

"莫教授,您这么会学外语,为什么偏偏选挪威语而非一些比较有用的语言?"

这几年来,听过成千上万类似的疑问。小时候,一直搞不太清楚,为什么做任何选择之前,要考虑其实用价值。世界上只有五百万人说挪威语,仿佛是一种负面的选项。更多人是作如下观:堂堂十三亿人口说中文,因此读大学的时候非修中文不可。我面对这种动机,总在心中盘问"为什么"。事实上,我百思不得其解。我总认为,学习的热情应该源自乐趣,而非交易价值。

读书跟做生意是两门不同的学问。自幼儿园起,我做过的任何一件事,都是秉持着一种炽烈热情的精神。倘若有一件事始终无法让我感受到那股莫名的兴趣及冲劲,那我就干脆不做了。这种力量究竟为何物?英国诗人托马斯·艾略特(T.S. Eliot)曾说:"很明显,我们无法向没有经历过热情的人解释热情,就像我们无法向盲人解释光。"

法国思想家、作家沙特(Jean-Paul Sartre)说:"我们必须先把热情表现出来,才能感受到热情。"我其实觉得热情可称为生命之盐、人生之光。更简单地说,当我们做任何一件事的时候,如果能感受到快乐、开心,像小时候下课后,从教室夺门而出,见到父母自远处挥手的身影,又或者小时候第一次吃到你最喜欢吃的料理,那种心里洋溢的幸福感,再累、再苦都甘之如饴。这就是炽烈热情的味道。

不过,话说回来,我觉得如今大家太滥用"热情"这两个字。我们这个年代,习惯用意思明了但显得过度抽象的一些词,诸如觉悟、自信、看开、大度、无私等,纵使妇孺皆知,但在日常生活中派上用场、付诸实践的人却又寥寥无几。

对即将测验的害羞、腼腆的学生说:"记得要有自信哦!"很有可能一点用处也没有。他们之所以没有自信,是因为没有人帮他们培养对自己的信心。光说不练,总无济于事。热情亦然,除非自小有人引导我们培养对热情的理解与尊重,否则长大后,我们的人生评判标准永远只会基于实用价值之有无,而看不到热情对人生的意义。例如,很多家长习惯给孩子自小洗脑,一天到晚叫他们学英文,因为"很有用",因为出国后会"需要",因为"为了找工作"会说英文是"必要条件"。

热情让你走得快,跑得远,飞得高。我曾访问许多创业者,他们之所以成功,除了运气、时势,很多时候是他们对于自己正在从事的工作是充满热情的,这也是我看到成功人士和一般人最大的差异之处。我曾对身边的人做过一个小型的探询,主要是问起他们的工作状况,问他们对自己的工作满意与否。没想到十个人里面至少有九个人都是充满抱怨的,剩下的那一个可能觉得自己是在做一份到退休都不想换的工作,照他当下的说法,就是"混口饭吃"。你也是如此吗?我相信这样的情况在华人社会司空见惯。问题是大家困在为了一顿饭拼命工作、苦干熬夜,每天挥汗如雨地超时工作十六小时,而缺少热情。很多人坚定不移地认为,工作是不能挑的,有了薪水已经是一种小确幸,哪儿来的因缺乏热情而换工作的幻想。

是的,没有错。工作是不能挑的,但工作却是可以创造的。这就是我们时代的特色。

我们这个时代已经不再像上一代多数人,仅将工作视为不可或缺的技术性温饱工具。我理解上一辈的成长背景,多数人生长在战后百废待兴的时局,因而渴望经济稳定和积累财富。"稳定",是长辈们的人生最高指导原则。我们很感谢上一代让我们不仅能相对远离烽火,生活条件也相对富裕,让我们免受威胁地长大,"岁月静好,现世安稳"已经不再是遥不可及的梦想,而是多数人正在生活着的现状。正因如此,对我们而言,工作不再仅是要求温饱,工作更作为生活方式与自我价值之追求与实现的过程。我们重视自我内心的好恶,更期盼依照自我意志为自己人生作选择。然而,对多数人来说,各大求职网站放眼望去,真正令自己心动的工作机会不多,即便接受了当初自己认为想要的工作,但开始工作后,来自主管、人事或业绩等的压力又令自己不开心,虽然不至于受不了,但就如同莫名阴影,笼罩着每一天的生活。即便周五晚上如释重负,但每到周日晚上,依然有一种深重忧郁压顶,很难开怀大笑。

只因为没有热情。

热情,才是我们这个时代的人生最高指导原则。

热情是使我们的心情持续处在高昂的状态,这种高昂状态能驱使我们愿意投入于繁复事务。事务固然繁复,但是热情就像是一股驱动力促使我们秉持奋斗意志去交涉,而且不致产生怨怼或不满等负面情绪。

有热情,工作才会快乐。这句话虽然没错,但似乎有些人错解了这论述的前后关系,总认为要找到喜欢的事情才会产生出热情。我常常听到一些朋友灰心地跟我说"我找不到想要做的事",看到他工作也不积极,问他有没有喜欢做的事,他总是意志消沉地说找不到。事实上,我倒觉得未必真的要先爱上某事或某物才能把事情做好,相反,是因为你愿意以积极正面的态度去面对繁复事物或挑战,从而领悟到自己原来就具备着克服障碍的能力,因而障碍得以克服、事情得以圆满处理,最后你也肯定了自我,从而生出了喜爱之心。所以问题在于"你愿不愿意有热情",而且是"愿不愿意对'某一件事'有热情"。这绝对不是道德性的反问,而是希望你能切切实实地去评估"我愿不愿意为目前的工作产生热情"。如果这工作的"本身"(而非同事、公司制度等非工作本身的因素)真的找不出让你愿意去产生热情、去面对挑战,反而还让你起厌恶之心,那么就真的不需要在这工作上浪费时间,赶快再去寻找有没有你愿意产生热情的工作,同时你也无须自我谴责,批评自己怎么可以不产生热情。热情这种事,本来就只是"愿意不愿意"的人生价值观之选择,绝对没有道德不道德、应该不应该的性质。反之,如果这工作的本身还能让你愿意产生热情,那么,你还是可以继续留在这份工作上,调整情绪、重整步伐,找出产生热情的动力源,或者在同样领域之间转职,这也无所不可。

总之,埃默森(Ralph Waldo Emerson)曾经说过:"没有热情,就没有任何事业可言。"工作能否做好,热情扮演着重要角色,热情之是否具备,有赖于自己愿意为何而活的选择。

追求热情与唱反调往往是一线之隔。

小时候我常常我行我素，老师说我很适合进修数学，我偏偏要修习文学；导师叫我左转，我非得右转。当时的自己，口口声声说，无论别人怎么说，我要追求我的热情，为热情而启程。长大后才明白，那种固执的态度并非追求热情，而只是喜欢标新立异。为了追求热情，要先理解自己的热情之所在。要学会倾听自己内心的声音，学会分辨自己的灵魂是在歌唱，还是在唉声叹气。

我身边的朋友当中，很多人常说，不管喜不喜欢自己的工作，忙着一天，过着一天。自己工作充实，总是美好的一件事。我希望这些人能够明白一件事，困在笼子里的鸟，唱歌再好听、再饱满洪亮，千万别以为那是愉快欢唱，全都只是在唱出自己的悲哀，向人类求救，人类却充耳不闻。小鸟尖叫出来的求救声音，乍听之下仍如此动听，因此令听者误认为，唱的是开心之曲，而非坐牢之恸。

人类亦然，很容易将自己的小确幸视为满足的来源，甚至热情之表现。然而，将小确幸视为安身立命，简直鱼目混珠。事实上，当你对某一件事物有着炽烈热情之时，那种程度是如同刮起台风似的，你只会专心致志。我曾感同身受，亲自体验过热情之下那种排山倒海的吸引力。我曾在心中酝酿许久、已然成为熊熊烈火之时，下定决心制作《韦佳德面对面》这档节目。

这档节目，以采访谈话形式进行，邀请包括全球政、商、文、艺、体等各界杰出人士，前来分享其理想、见解与生命故事。节目通过我与受邀来宾的交流、精彩且率真诚挚的对答,观众不仅能与各界专家相遇,了解他们的心路历程与生命故事,拓展视野,进而发掘人类智慧的光芒,让全世界更多人一起参与、分享,共谱属于每个人的相遇纪事。

在我开始规划节目、找寻制作人之初,由于我可说是大中华地区第一位萌生主持专访型节目之想法的外籍人士,因此可想而知,起初没有任何制作人,更不用说电视台的高层愿意出资做这样的一档节目。不过,我完全没有气馁。我只要想着当前主持界如鲁豫、杨澜等国际著名主持人,曾经也是从零开始,我就持续规划着我的节目。因为我当时的想法很单纯,也很坚定:他们成了,我为何不行?

那时候,是第一次感受到何为"炽烈热情"。白昼半夜,只要我张开双眼,我无时无刻不想要如何制作我的节目,该从何下手。如何写脚本、邀嘉宾、找赞助商,甚至后制作之相关事宜,包括剪接或上字幕等,这些我都亲自操刀,从零开始学习,精进不止。

回头反思,当时的冒险真的需要莫大的勇气。自己制作节目,实在如走钢索般险峻。但我开启了人生的热情,也就是如同掘开了涌流不止的地下水,随着内心不断施加的压力差,源源不绝。那些知道自己要什么样的生活而不盲从潮流或随波逐流的人,正是佛教界所说的"觉悟人"。我相信这种"觉悟人"都深知自己生命的方向与目标。

事实证明,热情让我做的选择是正确的。如今,我还是会半夜醒来,想着如何让我大学的课变得更活泼、生动,这就是热情的炙热,让你愿意拼尽全力燃烧,却从未喊过一声累。因为热情是能量,它喂养你的梦想,帮助实现所望。

锲而舍之，朽木不折；锲
而不舍，金石可镂。
——中国哲学家荀子

If you start carving, and then give up, you cannot even cut through a piece of rotten wood; but if you persist without stopping, you can carve and inlay metal or stone.

——Chinese philosopher Xunzi

越挫越勇

管子曾说："山不辞土，故能成其高；海不辞水，故能成其深。"细想，对大地而言，挫折、失败等概念毫无意义。山不辞土，海不辞水，伟大的大自然不懂情绪的波动，只懂毅力的坚持。那我们人类为何古往今来如此拘泥于事情的结果呢？成功与失败，高分与低分等二分法归类……我们为何不着重于谋事的过程呢？该问的不是做得好做不好，因为这都是结果，真正该问的是做得认真与否，用心专一抑或疏忽大意，乐在其中或经受艰苦。

自小以书为伴的我，受很多作者深刻影响。在欧美小学，《伊索寓言》是必读文学。我记得有一句话说："人们的灾祸常成为他们的学问。"当时我不太明白这句话的含义，只觉得好像有几分道理。读到高中，有一天英国文学老师，请我们分析莎士比亚的一些名句。其中有一句给我的印象特别深刻："挫折是对一个人最好的磨炼。"这句话当下使我立刻联想到曾经《伊索寓言》里所读到的那句话，即使时隔十多年，我仍时时思索着这句话的智慧。

其实，在人生中，不管是生活或事业，都难免会遇到挫折，这时只能勇敢面对，秉持着锲而不舍的精神，冲破难关，否则无法克服困境。我的人生，也是充满着挫折与磨炼，但我未曾让旁人影响我前进的步伐。如今，许多人都知道我的口头禅是"永远不要让任何人打败你"，这句话正是此意。

挫折这种东西，在我们的成长过程中，课堂老师不断地鼓励学生要积极面对。升学或国家考试的作文，也总爱用"越挫越勇"这种题目来逼着考生写出积极却虚假的文章，考生未必真懂越挫越勇的生命历练，却照样可以写得令阅卷人如痴如醉，给予高分。

但，你真的懂越挫越勇是什么吗？

你面对一直累积的挫折次数，还能奋斗不懈吗？我想，更多人的经验，正如上一代人的做法，是选择保守安全，人生最好不要有任何挫折挑战的路，安稳平顺地过完一生。这是最多人采取的策略。所以，挫折对他们来说，是可怕的，是扰乱安稳人生的，是避之唯恐不及的，当然，也不具有任何正面意义。

我要强调的是,选择安稳不是罪过,风平浪静也是一种人生价值观的选择,任何人都无权批评这种选择。但是,若你愿意走出舒适圈,且愿意为某事燃烧热情,你就有着无所畏惧、勇于尝试的冒险精神,那么,挫折对你才有意义。

挫折确实带来苦难,而且挫折有时还真的毫无来由,如圣经《乔布记》所述,乔布的苦难,只是因为上帝与撒旦的打赌,而非乔布本身有何过错。但可肯定的是,经挫折的人生,对世事体悟及洞察更加深邃。影剧中常见宫斗剧里的最后冠军,角色的人生通常不会是一帆风顺,总有挫折逼着她们改变自我(虽然这种改变未必是好事);现实生活中常见的成功案例,更不会是风平浪静,总是经历旁人无所知悉的艰辛。那么,挫折到底所为何来? 它所承载的意义究竟是什么?

我想,挫折给予人生最大的意义,在于让人摆脱对物质世界的倚靠,转向对自我心志的依靠之过程。挫折可能的成因有自我不足、外在环境不佳,甚至有些可能还很不幸地来自他人操弄。挫折成因不同,但所有挫折的最大共同点,就是让人学会不去在意物质生活,转向定睛自我内心,从而由心底塑造出外界再难消灭的强大意志。这种意志,我认为才是生命来到世界的终极意义,也是人生的可贵。阳明心学常论的心物一元论,强调宇宙本质取决于人的心性,而这种宇宙本质,我认为唯有在人生面对挫折后的一念之间,才彻底明白。

我当初到台北攻读翻译学博士，就是基于我对语言与口译的热忱。我对语言的喜爱，固然引领我去接触功利主义下被忽略的语言，但我对语言的热忱无法满足于学习语言而已。我希望我能成为语言之间的传令人，进而成为文化之间的信使。当我渐渐肯定了这个热忱后，我便义无反顾地投入了语言的探索、语言学的研究以及翻译的实践。但是，尽管有热忱成为我勇往直前的动力，不代表凡事都一帆风顺。

　　我刚到台北不久，便有机会在某一所大学担任兼职助理教授。我当时认为，只要我在这个学校教书，我应该可以持续在这里稳健发展。然而我错了。在我尝试争取该校的全职教授时，他们以我的习气与该校风格不太合为由，要再观察我半年才评估是否给予我任教的机会。我当时气得鼓起腮帮子，脸像阴了的天，灰蒙蒙、黑沉沉的。委员会可以针对我的学术表现评论，但怎么可以针对我的人格呢？什么叫作观察半年？我不偷不抢、不作奸犯科，凭什么以观察我的人格为由拒绝我的应聘呢？当时我二话不说站起来握住他们的手说："不用了，谢谢。"虽然他们不是直接拒绝我的申请，但我还是必须维护自己的尊严，明示我不接受这种安排。

　　这件事对我来说是个不小的打击。

　　挫折、失败等负面情绪，当然全都浮起在心海里。我离开了那所我兼职的学校，也暂时远离了我来台湾一直渴望实现的梦想。然而,我没有让这件事打败我,因为我非常清楚我的价值。

事实上,在我的人生里,常常有这种不被看好的时候。很多人说我永远当不成主持人,永远无法打造属于自己的一片天地,永远无法当副教授、教授;如今却都成了。我说话这么直,亚洲人永远不会喜欢我,华人喜欢听好话,讲话要感人一点,等等。但是,越挫越勇,越是听到这样的声音,我越充满干劲坚持我的热情,也越充满斗志要推翻这些挫折。

我一生的越挫越勇,源自一个很明确的动机,就是证明我的价值。所以,很多人常问我,每一次有人抨击我,或者有酸民想方设法打败我,我究竟哪儿来的力量抵抗他们的攻击?原因无他,就是我在挫折中培养出来的强大心志,让我不再担忧我当下外在物质生活,不再聚焦于遇到挫折的恐惧(反正就已经深陷挫折了,还有什么好怕的),而是专心于自己的价值。

如果不想让挫折与失败击垮你,反而要让它们成为你更上一层楼的动力,必须先培养对自我价值的信任。只要你相信自己的价值,无论别人怎么看你,怎么说你,你心中自然就会燃烧起一种炽烈火焰,除非证明我的价值给大家看,不然永远不会停下脚步来。

这把火,让你的心如初始热烈,让你面对挫折充满勇气,支撑你跨越再跨越,终到梦想实现那天,也不会熄灭!

If you shed tears when you miss the sun, you also miss the stars.

　　　　　　　　—Tagore，*Robindranath*

　　如果你因失去了太阳而流泪，那么你也将失去群星了。

　　　　——泰戈尔，选自《飞鸟集》

化悲愤为力量

　　挫折对人生的意义,在于调整自我眼光,转向依靠自我强大意志。这听起来好像有点道理,但是这样还是很陈词滥调,还是很像小学课堂上的口号。到底什么叫作依靠自我意志? 我又是怎么做的呢?

　　面对挫折,一开始的心灰意冷在所难免。眼见前方阻力之大,光看就已经让人失去动力了。有些人甚至开始怨天尤人,开始用各种控诉来合理化挫折找上自己的原因,诸如:我就是倒霉、我没有富爸爸、我不屑去攀龙附凤、我不要夤缘求进,或是很多人总爱用马克思唯物论,认为世界充满不公平及压迫,被权贵操纵而穷人永无翻身之地等各种想法。人们时有这些想法固然可以理解,但是,你确定要永远臣服于这些令人灰心的念头吗?我承认世界确实充满不公平,压迫随处可见,有钱人确实机会比我们多很多,也不太需要花极大心力就可以过得好一点。但是,我们生活在当代社会的平凡人,不会生来就注定被压迫。

既然挫折给予我们学习摆脱聚焦物质世界、定睛在自我心志,这就意味着强大意志,正是扭转不公平世界的武器。是的,平凡人没有既得利益者所把持的资源,但是平凡人有既得利益者始终无法把持的,也是宇宙中最强大的武器,那就是心志。心志,是上天很公平地给予每个人面对挫折的武器,只要使用得当,便能无坚不摧。

当你遭遇挫折,开始怨天尤人,负面情绪接踵而至时,你一定要记得,不要小看人的信念的力量。这论述不仅出自王阳明的心物一元论,包括佛教及基督教的论述,不少都肯定人心的能动性及自主性,揭示了信念可以改变世界的道理。当你体悟了心志与信念的强大,那么你就能化悲愤为力量,而世界也在你的一念之间彻底转化了。

历史上,许多化悲愤为力量的故事同样也在每个人的学生时代(尤其是汉语考试的阅读测验)反复出现。这些故事总是以"挫折—失败—努力不懈—成功"的逻辑铺陈,而且总是以伟人伟事、全人类的大事为内涵。这些故事看多了,距离平凡人太遥远了,我们也渐渐不为所动,渐渐认为这种事跟自身绝缘。再怎么激励人心的故事,听久了、看多了,就流于陈词滥调,人们也会乏味,这就是现在成年人小时候接受到的教育。如果学校教育能够不那么考试导向而充满压力,老师愿意放慢脚步带领学生去探讨、思考及辩论每个化悲愤为力量的故事,让学生能去细细用生命去体会每个故事背后的血泪,我想,将会有更多人在面对挫折之际,更容易实践化悲愤为力量的真谛。

南非短跑选手 Oscar Pistorius 甫出生时便身形有异,在他十一个月大后就被迫截肢而失去双腿。失去双腿的人生,究竟该怎么活?作为一名身心障碍人士,不仅需面对行动不便的生活,更需承受未来求职不顺的压力。我相信 Oscar 一定也经历过自怨自艾、怨天尤人的时候,但是 Oscar 最后选择向世人证明他依然可以走路,而且走得不比一般人差。一般人若是像他的状况,想的可能就是满足于无双腿的生活。但 Oscar 拒绝在幽暗阴谷中爬行,他站了起来,甚至还奔跑起来。他用特殊金属打造一双义肢。经过训练,他不仅用义肢奔跑,甚至跑得比一般人更好。他成为一名田径运动员,他不只跟专业运动员同场竞技,也在跟自我的极限挑战。最终,他在罗马举行的国际田径黄金联赛男子组 400 米 B 组的比赛中,勇夺小组比赛的第二名。这样的名次与成绩,远远超越了一般人的能力,当然,也超乎一般人对于截肢者的刻板印象——不可能是运动健将,不可能跑得比我快……

当然,故事总爱铺陈极端的案例,然而我们平凡人没有经历什么悲惨故事,是否就谈不上振作?我一介平民百姓,我四肢健全、双亲健在,从小也在爱中长大,我又遇到什么挫折呢?化悲愤为力量会不会太小题大做了呢?朋友,只要是对自己有意义、影响你的世界观的,就是你个人的大事。我们不必像乔布、孙文或 Oscar Pistorius 遇到史诗般或轰轰烈烈的挫折,但是我们每个人在世界上一定会感受失败难过。家家有本难念的经,人人也有段单属自己的成长历程。

我们家因为妈妈失明,度过了一段不算短的愁云惨雾。妈妈失明的初期,不单单只是我个人小小梦想的破灭,家里经济也颇吃紧,单靠爸爸一人撑起家计。好不容易妈妈学会了盲人的生活方式,也找到盲人得以胜任的工作,但因为妈妈的失明,大家都欺负她,我看着妈妈每次被欺负后,下班回家的低落情绪,我当时真的很难受,仿佛我们被踩在脚下,被狗眼看低。当时这股愤怒且亟欲讨回公道的心情,渐渐转化为我想当律师的冲动。又后来,这面对亟欲突破现状的心情又落到了想要当演员,却因为阿嬷说我不够帅的吐槽,再度浇了我一桶冷水。这些希望又失望、期待转失落的挫折,我当然曾经沮丧不已。最让我愤恨的,是因为我的阴柔气质,让我从小就被同侪霸凌。我人生的那段时间,真的没有知心朋友可以谈心或诉苦,甚至因为一直被直接与间接地霸凌,让我无法好好地建立自信。

但是,沮丧之后,我仍然选择振作。

因为我知道,要突破困境,要讨回公道,要报复那些伤害过我和我家人的人,唯一的工具,就是我强大的心志与信念。只有把这些沮丧跟愤怒转化为人继续活下去的动力,这些挫折才有意义,也才不枉我承受这些痛苦。因为我相信,人生既然已经承受了苦,就得有要求回报的想法,否则人生已经够苦了,我若一直陷在负面情绪里,那么就是浪费我的呼吸心跳;我若能利用苦难来换取祝福,才不会便宜了那些让我难过的苦难及那些人。

在小孩子的世界里,他们看待世界的眼光单纯,对于真善美的认知除了靠直觉,也受着家庭与教育环境的影响。在我小时候,我的外形偏瘦小,这与一般世俗认为男孩子要壮硕、有阳刚之气,相差甚远,套句现在流行的说法,我就是团体中所谓的边缘人。印象深刻的是,有个孩子是班上的领袖之一,某天不知为何,传出了一个谣言,说若坐我坐过的位置,会变得跟我一样"弱弱的",以后可能会变成"女生"之类的,莫名地没人敢坐我坐过的位置,或是会很用力地擦椅子再坐下;还有一段时间,只要我跑去男生厕所时,就会有人故意挡着说我应该去女厕,搞得我上个厕所像是在玩抓鬼游戏一样,不能被那些鬼看到,上个厕所也要偷偷摸摸;更别提作业分组或讨论等正常学习的环节,总是被其他人漠视,总是要让该课的老师进行分配才能完成这些类目。肢体上的暴力或许老师们可以化解阻止,但这种口头、谣言式的、集体式的霸凌,却是最伤人也最不容易被发现的。恶劣的孩子们，也怕被老师责罚，所以选择用非公开、一种台面下的方式在霸凌我。于是，我就这样在阴暗谷底爬行，没有任何小朋友想要跟我当朋友，因为他们也怕被其他人排挤，不如选择加入排挤我的行列，毕竟，站在多数人那面，永远是最便宜行事的方式。

就在幽暗谷底爬行的同时，我并没有因为同学们的行为而感到沮丧，我的心一直有一个想法，我不会只认识这个小城市的人，我不会只有这些人可以选择来交朋友，现在交不到朋友、没有知己没关系，外头的世界很辽阔。我一直做着一个梦，我要去外头找朋友，跟全世界的人接触，里面一定有懂我的人可以当我朋友，一定可以找到知己。但如果他（她）不是意大利人呢？难道我就要因为语言的关系，丧失更多找朋友的机会吗？究竟有什么方法可以突破这个障碍呢？

语言，就是语言。

跟人沟通需要语言作为工具，多一种语言使用，我就多了数十万到亿万个交友机会。

于是，我开始着迷于外语的学习。交朋友成为我学外语的动力，也因为当时没有朋友的关系，我有了更多的时间与精力，去好好地学习语言，因为我心中有一个蓝图，我希望碰到真正可以成为朋友的对象时，我们之间沟通无碍，我可以用他（她）听得懂、看得懂的语言，轻松地说出"你好"。

The stars are beautiful, because of a flower that cannot be seen.

—Antoine de Saint-Exupéry, *The Little Prince*

苍穹真美，因为有一朵看不见的花。

——安托万·迪·圣-修伯里，选自《小王子》

以语会友的初心

在我被霸凌的岁月里，我没有知心朋友可以分享我的心情，我的生命没有安托万·迪·圣-修伯里口中所谓的花。那时的我，没有"去朋友家"玩这个选项，也没有"出门鬼混"的风光。只能从事自我娱乐的活动，那就是阅读。那时，我发现阅读很有趣，而且我在阅读中，也发觉自己对语言的喜好。我想，也许我的花，会在语言学习里。

所以，我想先从一本小说开始谈起。

讲这本小说前，我想先请大家思考几个问题：你认为大脑在思考时会有语言吗？

你觉得若今天你不会任何语言，你还会有思考的能力吗？

你有没有过这样的经验,就是你对一件事其实有点感觉,但是你还不知道该怎么形容这种感觉,直到你找到语言来描述这种感觉了,你也才清楚自己对这件事的想法是什么了。

这本小说对中国人来说应该不算陌生,而且还曾经改编成电影《降临》。这部在 2016 年上映的《降临》,改编自姜峰楠创作的科幻短篇小说《你一生的故事》(*Story of Your Life*),内容是某天地球各地同时出现了 12 艘宇宙飞船,外星人与地球人之间互动的故事。影片中主角班克斯博士通过语言学的专业知识,从外星人提供的符号(文字)逐步译码他们的语言结构,进而理解他们的思维。班克斯博士一开始并无法解译外星人的语言,因为这跟地球上的任何一种语言逻辑都不同:这是一种圆形泡泡式的语言,既没有印欧语言的形态变化及格位概念,也没有汉语的语序语意关系。在接触的过程中,博士渐渐理解外星人的语言特性——圆形的文字符号、非线性的叙述方式(过去未来会在同一圈文字里叙述)、主观性解读(这跟中文的一字多义有异曲同工之妙)。也就是说,外星人的圆形泡泡式语言反映他们的时间观与思维方式:过去、现在与未来的同步,无始无终。博士后来也渐渐熟悉这种外星语言,她的思维也跟着改变,竟然可以看到未来!

对我来说,这本书最有趣的部分就是语言学的因素。因为整部小说的宗旨,是围绕在语言学上很有名的一个假说,叫"沙皮尔—沃尔夫假说(Sapir-Whorf-Hypothesis)"。

这是一对师生共同完成的一套理论,身为老师的美国语言学家沙皮尔(Edward Sapir, 1884—1939)认为语言会影响一个人的思维模式,因为人必须透过语言来认识世界;身为学生的沃尔夫(Benjamin Lee Whorf)继承这套说法,但进一步修正了沙皮尔的论述,认为人对世界的理解及思维习惯,会受其所使用之语言制约。

沙皮尔与沃尔夫,将美洲印第安语言当作研究对象。其假说的两个重要内涵,我简单解释如下:

一、相对论:假说认为,使用不同语言的族群(文化内涵也不同),用不同的方式在认定我们所处的现实世界,他们的思想方式也决定了他们说话的语言。在使用该语言的同时,也影响了该族群的思考方式、行为方式。

二、决定论:无语言的思想是不存在的。语言决定了思考的方式,所以不同语系的使用者,他们看待世界的方式当然不同,任何族群的语言,都会因为他们的文化及生活环境的需要而改变。

这对师生很有趣,虽然共同发表了一套关于语言的理论,但对于语言的关联性的态度却是不同的,老师沙皮尔相对学生沃尔夫是较温和的,他认为每一种文化的内涵,都可以在其语言中表现出来,但若要字义可以传递,则需要新的文化经验。因此,文化的内涵与使用语言者的经验,让语言的交谈变得有意义,并且可以帮助我们去了解语言中隐藏的字义;沃尔夫则认为"文化形成思想",及"思想本身发生在语言里",我们要依据语意去了解字的意义。

综合以上两点,如果你能找到一个方法去制约人们学习语言,那你就可以去控制人的思想。

不少学者颇不认同沙皮尔—沃尔夫假说,认为思考仍应回到语言的句法结构及词组结构上探讨,而不应过度夸大语言对思考的制约。但是,语言本来就是文化的产物,而文化本来就是人类为了适应生存环境而设计出来的一套规则,而文化又出自人类对环境的解读,语言虽然不至于完全制约人类的思考,但也不能否认语言反映着人类对世界的认知,而因为语言行之有年,反过来去制约人类的思维,也不是不可能的,就像制度是由人类创造出来的,却反过来制约人的行为一样。

还没开始读姜峰楠这本书的时候,我就联想到沙皮尔—沃尔夫假说。后来拜读《你一生的故事》,发现作者自己也提到了沙皮尔—沃尔夫假说。

就以这部小说讨论到的时间观为例,汉语的时间观,就跟英语不一样。英语动词有时态,有 eat、ate、eaten 之分,但汉语没有。但这不是说汉语没有时间观念,汉语是用另一种方式表达时间先后,叫作"时貌"。汉语不透过动词来表示动作发生的时间,而是透过动词来表示时间活动的长短或类型。换言之,就是英语关注动作是在什么时候发生的,而汉语是关注动作发生了多久(或进展得如何)。

回到《降临》这部电影,曾有个理科朋友在看完这部电影时跟我说："奇怪！外星人这么行，为什么他们不学一下英文，这样就可以跟人类沟通了！反正他们只是要来告诉人类事情，干吗弄得那么累！"另一个文科朋友则跟我说："他们用手或头跟你的头碰一下，不就知道在想什么了？这样不就好了！"

《降临》告诉我们，如果要沟通的两方，思考方式不一样、表达方式（语言、符号、对动作解读）完全不同，双方就没有一个共同的基础来传达意念，这就不是一个简单学习或翻译就能解决的。故事中的人类，基于文化及语言使用的方式，认为时间是一个不可逆的、单向的，但是来访的外星人，时间对他们而言是过去、现在、未来并陈的，也因此表现在他们的语言"一个又一个的泡泡图像"中，而当女主角用外星人的思考方式学习了他们的语言，她才得以"回忆"起未来的事……

在现实生活中，当然没有学习了一个语言就可以看到未来的状况，但我们可以发现，语言虽不能完全决定思考方式，但仍有其影响力。我就拿与《降临》相同的命题——对于时间的态度，来说明此事吧！

母语为汉语的人在学英文时，除了对时态困扰，对于"日子"，怎么翻译对照也很困扰。在英文中，有"昨天""今天"的单词，却没有"后天""大后天"的单词，如果跟英语系国家的人相处，你会发现他们约时间是几月几日星期几，而不是后天、大后天、下星期的今天这种约法。在台北，有朋友跟我说，进部落跟当地"原住民"交谈,发现他们对时间的形容,会跟路途或当地作息相关,比如要约某一天,他们最先想到的不是几月几日星期几,也不是明天、后天,而是邮车来的那一天、种香菇的那一天、等他从山上下来之后,等等,日子不明确也不确定。不同语言,对于时间的感知也不一样,英语跟汉语比较类似,在形容时间时,会用的单位是长度,比如说"一个短暂的休息"(a short break)、"放一个长假"(a long vacation),但在西班牙语中,会说是一个小的午睡时间(tomar una pequeña siesta)、一个大的假期。此乃因在西班牙语中,对时间的看法是物理性的,所以用大小来形容时间的长度。

有些生活模式、文化内涵中没有这个概念,所以就没有这个字,也很难翻译。比如,19世纪末英国的传教士 John Paton 前往位于南太平洋的塔纳岛传教,当他着手翻译《圣经》时,却发现当地人的语言中没有"信心""信赖"这些基督教核心思想的词汇;现代一点的例子,在西班牙文中,没有跟汉语"便利"的同义词,相近词只有"感觉舒服",所以要跟西班牙人用西班牙语解释"便利商店""便利生活",就需要加很多解释和形容让他们了解,但就算再多的解释,还是不及他们到亚洲来住一个月的体验深刻。所以,如果同在一个地球上的语言都天壤悬隔,和来自另一个星球的外星人沟通会有多困难呀!

虽然我小时候还不知道"沙皮尔—沃尔夫假说",但我心里深深地感觉到学外语的重要性。前头提到,小时候的我曾在幽暗谷底爬行，不被同侪喜爱的我、内向又害羞的我、被霸凌伤害的我，究竟怎么保持乐观的心？

"沙漠之所以美丽，是因为在它的某个角落隐藏着一口井。"自从我的法文老师陪我一起读《小王子》，并讲解其中含义给我听的时候，我就拾起生命中的乐观，并对未来可以获得的友谊充满期待。小王子的篇幅不长，但它字字句句都打动着我，在我小小心灵中丢下一颗大大的乐观弹。

在小时候的友谊沙漠中，因为小王子，我相信在浩瀚人海中，一定有一口属于我的友谊之井，足够解我对友谊的渴，可以灌溉只属于我的那朵玫瑰花。

小王子说："每一个人都有自己的星星，但其中的含义却因人而异。对旅人而言，星星是向导；对其他人而言，它们只不过是天际中闪闪发光的小东西而已；对学者而言，星星则是一道待解的难题；对我那位商人来说，它们就是财富。不过，星星本身是沉默的。你——只有你——了解这些星星与众不同的含义。"在那些无人可跟我深谈的岁月中，只有上帝知道，我多想让繁星有着不同的意义，也多么希望我也是别人生命中的一颗星星。

于是，我狂学外语，大量阅读，大量听录音带……因为我好希望好希望，我跟小王子一样，旅行这个世界，只盼能再一次遇到一朵令苍穹灿烂的花。在遇到沙漠中那口井的时候，我可以轻松喝上一口，无所畏惧；在遇到那颗星之后，我可以沟通无碍，以语会友！

母语

至上

When a people are enslaved, as long as they hold fast to their language it is as if they had the key to their prison.

　　— Alphonse Daudet, French Novelist

一个民族沦为奴隶时，只要它好好地保存着自己的语言，就好像掌握了打开监狱的钥匙。

　　——阿尔丰斯·都德

母语的重要性

母语，可以说是一个人最早接触、学习并能运用自如的语言，也就是出生伊始就沉浸其中的、父母和家人所使用的语言。"母语"的英文是 mother tongue 或 native language，但这里的 mother 未必指的是母亲所用的语言，也可能是出生地区所使用的语言，也可能是这个族群惯常用的语言。同样的，对于移民后代来说，"母语"未必是上一代人母国所使用之语言。

我在台北时，曾观察到一个有趣的情况，很多人所指称的 ABC，他们的英文或闽南话，使用得比普通话流利，通常是因为他们在生活的家庭里，祖父母跟他们说闽南话，父母跟他们说英文,缺少了普通话的学习,所以他们刚返华时,呈现出的样子就是闽南话流利、普通话却不通的模样。

从上面的例子,我们可以发现母语不限定是单一语言,可以有两种或更多种母语。这里要先厘清"以两种以上语言为母语"的观念。一个人(成人或儿童)如果是已经习得一种语言,后来才再习得另一种语言,这种情况叫作"第二语言习得"(Second Language Acquisition),这种情况下的第二语言并非母语,所以也不能将后来所习得的语言定义为母语。如果一个人在婴儿时前(通常指三岁以下的幼童)同时进行两种以上语言的学习,并且同时习得两种语言,这种情况叫作"双语习得"(Bilingual Language Acquisition),或是更精确的称法叫"同时习得双语"(Simultaneous Bilingualism),这种情况才可以说"以两种以上语言为母语"。

一听到我来自意大利,大家普遍单一直线地想,我的母语就是意大利文。这想法,对,也不对。我的母亲从小跟我说的是意大利文,但我祖父只会讲英文,小时候我的祖父特别疼爱我,情感上,我很爱我的祖父,因为我总是在跟他相处时感受到满满的爱,为了跟我爱的祖父沟通,在聚会时经常发生这样的状况:上一秒钟,我跟我的妈妈说着意大利文,下一秒钟,找祖父玩的时候讲的是英文。年纪尚小的我,并不觉得这样有什么困难,长大后,才知道原来这个叫作"双声带",也就是两种语言自由切换的意思。年岁渐长,才知道原来可以在不同的语言间自由转换,是很多人的梦想。直到现在,双母语还是影响着我的生活,比如,我在做梦时,可能角色就是用意大利文发音,搭配着英文字幕;甚至前阵子我很迷宫廷剧时,梦中的人讲着中文,但有时又会切换成英文或意大利语声道。所以我们可以说,母语自小习得,且你有情感上的需要、生活中的需要,就可以学得自然又愉快。

现在很多人都体认到母语的重要性,但这种体认更多是透过个人认同、家国情结、政治立场、爱国主义、文化传承,甚至是民族自尊来肯定母语的意义。有段时间,我常会到台湾各地出外景,也就是那个时候,我接触到学习原住民语的年轻人,与他们交谈后才发现,原住民的语言美丽且丰富,但曾因为当时政策的关系,让他们觉得“说族语”是丢脸的事,后来因为平权、族群平等的思潮崛起,各族语开始被正视,在特定县市区域中,小学生都要学习该区域的族语。这种方式,也让越来越多的年轻人以身为原住民为荣。曾出外景时,遇过一位阿美族的女孩,她那时大约三十岁,因为我语言学的背景,很自然地聊起与语言相关的事。她跟我说,她现在自己去上老师开的族语课,因为在她念书的时候,学校没有族语课,现在她的小侄女跟她说族语的时候,她突然觉得自己很不像阿美族的人,她长得像,美感也受熏陶,但语言上却无法跟大家沟通,好像就少了一点亲切度。开始学族语后,最开心的是她的 fofo 们(奶奶那一辈的女性),开始会跟她聊很多天,虽然还有很多她听不懂,可是她却觉得自己跟族人的关系亲近许多……

从这个女孩身上,我看到了母语对自我认同的重要性,我认同母语在这些方面的重要意义,因为母语本身就有这样的外部效应。我在这里,试着借用认知发展的观点,来重申母语对人类的意义。

前文第一章,曾经提到人类不太能具有三岁以前的记忆,因为三岁以前的婴儿还尚未能利用语言进行繁复的思维工作。在第二章最后,我也曾提及"沙皮尔—沃尔夫假说",讨论到语言结构影响着人类的思考模式,且我们世界观也受到语言的影响及制约。这些现象,实实在在反映着语言对于人类建构复杂思考能力之重要性。母语作为人类来到世界的第一个语言,肯定会影响一个人处理讯息,及进行思维、编码、储存并提取等认知能力,涉及幼儿在个人内在、语言习得及社会互动方面来达成个人建构并适应世界的过程。在这过程中,语言是学习媒介,若是这个媒介没有掌握好,很有可能会使幼儿认知能力衰弱。所以,谁能否认母语的重要性?谁又能轻易忽视母语教育?

保护正在消失的母语

早在 1991 年,美国语言学家曾对世界语言多样性提出忧虑,"如果有一天,地球上 90% 的人类语种灭绝了,那么语言学就是历史上唯一一门看着自己消失的学科"。当时预测世界上的语言有一半将会在一个世纪内逐渐消失。1999

年 11 月,联合国教科文组织(UNESCO)在第 30 届联合国大会上提出,自来年起定每年 2 月 21 日为国际母语日的倡议,以促进语言和文化的多样性及多语种化,倡议指出:"语言是保存和发展人类有形和无形遗产的最有力的工具。各种促进母语传播的运动,不仅有助于语言的多样化和多语种的教育,而且能够提高对全世界各语言和文化传统的认识,以此在理解、容忍和对话的基础上,促成世界人民的团结。"2009 年 2 月 19 日,UNESCO 又公布了"世界濒危语言地图",统计出目前全世界有 97% 的人仅集中使用 4% 的语言。换言之,有 96% 的语言使用人数仅占世界人口的 3%。这意味着全部六千多种语言中,至少半数语言的用户正在减少,预计约 90% 的语言将在本世纪结束时消失。

我很认同联合国教科文组织总干事伊琳娜·博科娃(Irina Georgieva Bokova)博士保护语言及文化多样性的观点。她说,"语言多样性是我们的共同遗产;它也是一种脆弱的遗产",并呼吁各国重视濒临绝种之语言的保存。前面我提到母语对于人类进行复杂思考能力建构之重要性,这里,我要继续从文化传承的语言多样性方面,呼吁人们都应该正视自己的母语,保护自己的母语。

德国知名哲学家海德格在《走向语言之途》(*On the Way to Language*)一书中指出,"语言乃存在之家园",宣称"语言召唤存在"。你想想,当你和朋友在讨论特定领域,如美妆、投资、旅行甚至是经济及财政时,总会使该领域的行话,并且在你脑海中建立起这些领域专属的情境。

海德格认为,人的存在其实要看当下所处的情境(situ-ation)为何,使用的语言种类又决定了各情境的差异。在我们现下生存的世界中,每一种语言的使用方式,就像是一个神奇的咒语,会让在情境中的使用者,产生特定的思想与行动。这就像是,你在学校跟同学交谈时使用通用语,但会夹杂一些字语,是只有你们听得懂的,外人听不懂这些词语的指涉,你听了可能会哈哈大笑,不在这个情境中的人搞不懂你的笑点是什么。

母语与语言多样性

保护母语,就是守护母语所属民族的特定思想与行动,一族母语所蕴藏的思维,就是一个民族的精神家园,也是赖以生存的文化基因。我想请您好好想一想:会不会有一天,当前英语世界的思维模式已经无法适应当前全球化社会运作模式?就像电影《降临》内容一样,如果外星人始终不来地球,人类语言永远停留在线性思维,所以科技再怎么发展,始终无法突破光速限制,那么人类是否始终无法进行宇宙探索呢?

但其实您知道吗?中文的时间概念其实充满着跳脱线性时间概念:道家思想跳脱非黑即白的二元对立,认为阴中有阳、阳中有阴,宇宙是既分离又统合的存在;佛教对时空的概念也跳脱常人对物质世界的认识。中文过去常常被西方人嘲笑的语言特征(没有时态、没有 to be 动词、主受格不精确等),其实在语言学家眼中,都蕴藏着华人超越西方人、西方人永远也想不到的惊人的认知世界方式。中文如此,我相信其他语言也会如此。在人类目前仅存的语言中,各种语言都蕴藏着不同思维概念的宝藏,这些宝藏很有可能在未来某段时间,成为人类应对挑战、对抗威胁,甚至文明跃进的重要工具。至少我认为,中文有太多观念及智慧远远超越英文的世界观,而且这些观念都尚未被人类重视。

举一个中文使用者对非中文使用者,在翻译或交谈时,最常遇到的状况,那就是"下次再约""有缘再见"。一开始如果有朋友跟我说"下次再约吃饭聊天",我当下就会问:"哪天?什么时候?"因为对当时的我而言,下次怎么可能是一个"空"(甚或是"虚")的时间,应该要准确一点,好歹也要一个大约性的时间,比如说 5 月 20 日前后。再谈到"有缘""缘分"这个东西,对非中文母语长大的人,要理解这个概念真的比较难一点。它既不是宿命、命定、命运,也不是一种可以刻意制造的东西,对意大利人来说,我们会说是命运让我们在一起,我们之间好像很久以前就认识,但就是没有一个可以完全解释"缘分"的词语。可是,当我用中文说、住在中文环境里、用中文思考时,有一天,我对"缘分"这个概念心领神会了!"有缘再聚"包含了情感上的联结,却又带着一种不强求的感觉。

如果这个世界只剩下单一一种语言,那这些蕴藏在语言背后的诗意、情感、看待世界的方式,是不是也就跟着消逝了呢? 总之,生物学家都提倡生物多样性对环境生态存续的重要性,那么保护母语,就是保护人类语言的多样性,何尝不是一种保障人类存续的方式之一呢? 任何一种语言的消亡,不仅是使用这种语言的群体精神毁灭,更是对全人类来说多样性的损失。

母语与认同

每次想要对学生解释母语的重要性,我都会从一本书的解读谈起。

《最后一课》(法文: *La Dernière Classe*)是法国小说家都德(A. Daudet) 1873 年发表的一篇名作,写的是普法战争后,战败的法国割让了阿尔萨斯和洛林两地予普鲁士;普鲁士占领后厉行禁说法语的政策,而爱国的法国教师上了最后一堂法语课的故事。这部小说在 1912 年被胡适首次译介到中国,而中国适逢爱国主义高涨的时代(其实那个时代,全球都被欧洲传染了爱国主义思想),所以这部小说成为法国爱国主义文学的符号。

这本小说看似歌颂法国爱国主义,但从历史上,却是反映法语以语言及文化殖民阿尔萨斯极为成功的案例。原先,自从罗马帝国崩溃以后,阿尔萨斯一直属于神圣罗马帝国哈布斯堡王朝的领土,可说是传统德意志地区之一。直到 1648 年,欧洲三十年战争结束以后,法兰西帝国开始占

领大部分阿尔萨斯地区,并持续侵略南德意志区。1697 年,
法国终于透过《里斯维克条约》(*Treaty of Ryswick*),正式从
法理上取得阿尔萨斯地区作为法国领土。换言之,这块土
地根本是法国抢来、再用条约粉饰为自己的领土,法语并不
是阿尔萨斯当地居民的母语。

19 世纪以后,法国对其领地展开全面性的语言殖民,而
面对法语,抵抗得最坚决的正是阿尔萨斯,当地居民最讨厌
的就是法语。照理说,我们一定认为阿尔萨斯居民一定是
"心怀祖国",朝思暮想地想要回归使用德语的政权(即便
后来神圣罗马帝国灭亡),但是吊诡的是,当地居民却宁可
被法国统治,也不要让普鲁士统治,因为法国对宗教自由放
得更宽,而在法国革命后,阿尔萨斯的国族意识,是更倾向
于法国的。

阿尔萨斯这种"错乱"(请容许我用这个词汇),就是国
家身份认同和语言认同的"错位"。主要原因,还是在于尽
管阿尔萨斯居民讨厌法语,但是他们的母语(阿尔萨斯语)
却与德国通令的标准德语差异巨大,使得他们与德国其他
地区,虽然都说着德语,却无法通畅交流,因此慢慢地跟德
国其他地区的关系渐行渐远。这种差异在后来社会契约与
自由平等价值观思潮下,让当地居民认同自己是属于法兰
西成员的一分子。

可见,即便母语并非法语,但是在语言差异下,这种差
异渐渐影响了当地居民的身份认同,并且在政治文化与社

会制度的推波助澜下,阿尔萨斯扭转了最后的选择。

2009年8月,因莫拉克台风袭击台湾南部,造成"八八"风灾,在这场风灾中,台湾南部的高雄有一个惨遭灭村的小林村。这几年,幸存下来的族人在找回自己的定位时,才发现,原来他们一直被误认是西拉雅族(其实语言跟西拉雅语不同,祭祀等文化行为也不一样)。我曾看到一位小林村的受访者说:"小时候以为隔壁那玛夏的才是原住民,一到都市工作,人家看我是原住民,'八八'风灾后回来,才发现以前妈妈跟我讲话中带着一些词,就是我们的话,只是那时候没有学,现在想要知道意思都难了!"由此可知,失去了母语的使用权,甚至影响到你对自我身份的认同。

小林村的人,现在就算不知道族语的意思,也要硬唱留下来。时下我还观察到另一种母语建构不完全的状况,那就是从小不好好学母语,导致逻辑思维有问题。要知道,完整地学习好自己的母语,表示你对一个语言有着纯熟的运用,也表示着你的逻辑有着一定的思维方式,但在我教学的生涯中,我发现越来越多的孩子,对母语有失语的状况,但同时又要学外语,造成没有任何一种语言,可以让他好好地表达自己的意见,总是有词汇不够多,甚或不知如何形容的窘境出现,而这样的状况,形成沟通障碍,不管是就学或就业,总是缺少一样利器,口说不突出、写作不精确、听言不解意,听说读写样样不通透。仔细想想,身边是不是有这样一号人物,您对他的观感又是如何呢?要交朋友,好像谈不了心;要当对象,好像又差那么一点;要指派工作,总觉得频道接不上……

《最后一课》著名的语句,"当一个民族沦为奴隶时,只要它好好地保存着自己的语言,就好像掌握了打开监狱的钥匙"。前提是,你必须好好学习(而非只是习得)自己的母语!

Language is the blood of the soul into which thoughts run and out of which they grow.

　　　　　—Oliver Wendell Holmes

　　语言是灵魂的血肉，有了血肉，思想就可以奔跑，有了灵魂，语言才得以成长。

　　　　　—小奥利弗·温德尔·霍姆斯

母语有助于训练逻辑思维[*]

　　高中毕业后，总是不知道大学要攻读什么系。即将上大学时，当时喜欢语言学、文学、社会学、心理学、动物学等科目。换句话说，兴趣太广泛，始终无法下定决心。

　　我决定不了，其实还有另外一个因素。我"野心勃勃"的性格导致我做任何一件事都是为了证明自己的价值，而非因为真正想要做。要学语言？肯定是为了证明给别人看我与生俱来的语言天赋。读心理学？肯定是为了证明给别人看我能够读别人的心。

---

[*] 我在他处也讨论过这个议题。请见《没在怕！有话直说的勇气》(台北：创意市集，2016 年)。

不过,如果上了大学,不想浪费时间,更不想浪费家人的钱。所以想了又想,总之找不到能够包括我所有的兴趣的科系,直到我去参加罗马一年一度的世界语言学家的研讨会,我从此大开眼界。

　　那天如小孩探索宇宙般,秉着对一切充满着好奇心的心去参加研讨会,竟然发现语言学包括很多不同的领域。应用语言学基本上就是外语教学、翻译等领域,心理语言学跟心理学息息相关,社会语言学源自社会学,而且不仅如此!语言学还有更多的分类,如神经语言学跟神经科学也有关系,实在太伟大了!

　　我就这么决定了,我上大学要攻读语言学。

　　我还记得大一前半年,最大的课业就是应用语言学。看课表的时候,我特别兴奋,因为心里想着,也许会教我们外语教学的技巧呀,或者翻译理论,等等。其实都不是。第一堂课,老师一进教室,马上走到黑板前面,拿起粉笔,就写了几个字:"母语有助于训练逻辑思维"。

　　班上所有人一头雾水。毕竟,我们上的是应用语言学,跟母语有什么关系?老师花了将近两周,让我们理解,自己的外语能力,再厉害,总不能超越母语,所以呼吁大家不要随便用外语跟自己的孩子沟通,因为这样反而会阻碍他们认知发展。

　　大一下学期,我们上了不少认知心理学及心理语言学的课。我突然明了,应用语言学老师的那句话就是这些理论的基础。

自己的母语，至关重要，要好好习得母语——许多专家说母语不能学，只能习得——确实有助认知发展，有助训练逻辑思维。我大学毕业后，曾在国际期刊上发表过几篇有关语言学的论文。我特别喜欢观察及分析一些语言学现象。

大学时期如此，毕业后更是如此。

我到了亚洲之后，也继续习惯性地观察社会上的各种各样的语言学现象。总是觉得，分析任何地方的语言习惯，可以了解很多当地的文化特点与社会习俗。在此分享一个曾经在台湾观察到的特有现象，希望对有孩子或以后打算生小孩的读者有所帮助。

我到世界各地特别喜欢坐地铁，到了台北后，更不用说，几乎天天都很期待搭捷运（地铁）的时刻。除了台北捷运非常舒适外，更因为第一是方便，第二可以近距离观察人类行为。我前几年发现了一个值得探讨的现象，而且让我联想到那位应用语言学的良师，一个礼拜之内大概遇到十个类似案例，所以绝非个案。

很多妈妈，尤其是年轻人，在自以为自己的英文很厉害的冲动之下，尽量用英文（混杂着中文，毕竟还是有不少日常生活中的词汇他们压根儿不会讲）跟自己的孩子沟通。比如，你会听到，"宝贝，等一下要不要 eat rice；Bruce，不要 run，捷运上不要乱跑！"先替小孩取个英文名，再用中文语句夹杂英文单词的方式对小孩讲话,就是我在捷运里常见的场景。然而,对语言学略懂一二的读者也许觉得我大惊小怪,这根本没什么,毕竟世界上有非常多的地方用同样的方式跟自己小孩沟通。其实,真相不尽然。

我必须得澄清一件事。像新加坡、印度、中国香港等地,混合使用双语系统被称为"洋泾浜语 Pidgin"。所谓洋泾浜语,原是指 19 世纪清朝中国开放五口通商后,中外商人使用的混杂语言,是英语与上海话结合并受宁波话与粤语影响的语言,既不合英语语法,语音也不到位。洋泾浜语不单只是中英语音及词汇夹杂的现象,更是一个混杂着当地语及外来语的独立且系统化的符号系统(任何语言都是一种符号系统)。新加坡母语不只是双语,实际上是多语,至少四种官方语言,再融合世界各地方言,所以他们会因身处不同家庭和学校社会的语境,而综合(甚至是混杂地)使用不同语言。例如,我们今天去巴刹(Pasar)吃饭,巴刹是马来语"市场"的意思,而不管用什么语言,英文、中文、印度语、马来语,只要讲到该意义的字眼,一定使用"巴刹",不会用 Market 或市场;再例如,讲 Uncle,一定念成"安哥",美式、英式发音的没人听懂你在讲什么。

台湾的做法却不同。不少妈妈按照自己的知识及自己对孩子外语能力的期待进行沟通。这对孩子的认知发展恐怕是百害而无一利。我教书的时候,常常碰到一些根本不会讲自己母语的同学,且不识生僻字的也不在少数,(我说

"会讲"的意思是有深度,不是瞎聊的那种语言能力。)很多字不认识,成语更不用说。以前有不少家长常跑过来跟我抱怨说,"为什么我家小孩中文不好,我自小一直跟他说英文以增强他的语言能力",我都会说"恕我直言,凶手就是您",再详加说明,他们通常都会恍然大悟。

大一那堂语言学的课,教会了我唯有母语才有助认知发展、有助训练逻辑思维的道理。母语直接跟一个人第一次使用语言来与世界接触的经验相关,因此母语对个人学习过程而言也非常重要。很多专家都已经表明,一个人的母语掌握不佳,那么他日后学习其他语言以及任何学问,可能都会面临瓶颈。

母语,由于在英文是 mother tongue,有些人会直接以汉语字面上的意思——母亲的舌头——赋予母语以母亲的形象,从而强调母语在母家、母土或母国等亲属关系。但在全球化如此频繁、跨国移动成为常态的当代世界,母语不一定是跟血缘意义上的母亲或宗亲地缘意义上的母土直接画上等号。对于移民后裔来说,他们的"母语"直接连接到当地社群的使用语言。此外一个人可以有两种以上的母语,因此一个人的语言使用也可能是"双语"或"多语"的。

语言的学习先后顺序,并不一定代表熟练程度。这都没错,但若您硬要跟小孩讲破破烂烂的英文,长大后他不仅英文没学好,中文也很差。除了那些习得双语的小朋友外,会流利使用外语的人,通常都是对自己的母语有一定的掌控力。每种语言都代表一种文化,只有真正喜爱自己国家文化,才有可能喜爱他国文化。

这里让我们来做两个有趣的翻译小测验。你会怎么把中文的"吃软饭"翻译成英文呢?直接用"eat soft rice"?有些人觉得"吃软饭"是熟语(固定用法),不好翻译。那我们再试试另一个:当有人说他很喜欢听指甲刮玻璃的声音时,你说"你很变态",这怎么翻译?是直接用"You are such a pervert"吗?想必非然。

"辛苦了""加油"等说法也都是很难翻译成英文的,充满着中华文化浓郁味道的说法。上一章我讨论了语言会影响思维的看法,这里还是要继续从这点来延伸。尽管那些父母用"不要 run"取代"不要跑",但整个句子的思维还是中文的逻辑,顶多只是单一符号上的转换而已,完全不涉及英语的思维。会涉及语言思维的,通常就是要去理解当一个情境之下,使用该语言的人会用什么词去理解该情境。针对同一个情境,不同语言有不同的"数据库"来诠释并理解方式。因此,语言之所以会影响思维,就是你要跳脱母语的数据库,去尝试用另一种数据库来形容一个情境。

回到刚刚的两个翻译题,英文的"吃软饭"当然不是 eating soft rice,而是 kept man;"很变态"不会直接用 pervert (这个词太正经了,不是我们半开玩笑地嘲笑他人时所用的词),而是会用 You are disgusting 或者 Oh, stop it! That's so gross,又或者更简单地用 Jeez, stop it! I can't stand that sound！因为对英文而言，喜欢听指甲刮玻璃，让人有一种很恶心的感觉，或令人受不了，但不到 pervert 的程度。又或者，"辛苦"可翻译成英文的"work hard"，只不过，当华人说"辛苦了"，并非一种客观的描述，而是一种认可褒奖，因此英文根本不能用"work hard"这样的说法。英文也许会用更直接的褒奖词，如"awesome""great job""well done"。

可见，同一个情境，中文用"变态"来理解，但英文是用其他的思维模式来理解。也就是说，只有当你先有了自己的母语基础，你在学习外语时才会有足够相参照的资源，这样你就更轻松地学会外语了。

如果母语都没学好，就急着学其他语言（如英文等），只会导致邯郸学步的后果。

其实，这也让我想到另外一个现象，就是华人社会常会使用一些西文缩写，但又有几个人知道中文是什么呢？举些例子，应该没多少人会知道 APP（应用程序）、LED（发光二极管）、LCD（液晶显示器）这些要怎么翻译成中文吧？然后连 APP 还有一大堆人念错。有人似乎认为，加强英语能力就是国际化。但是我们要被这样错误的认知混淆多久？

If you talk to a man in a language he understands, that goes to his head. If you talk to him in his language, that goes to his heart.

——Nelson Mandela

若你用一个人能理解的语言与他交谈，可以传递到他的大脑；若你用一个人的母语与他交谈，可以传递到他的心灵。

——纳尔逊·曼德拉

攘外必先安内

据我几年来的观察，现在小孩很少阅读课外书（不论是经典古籍或是现代文学），胸无点墨。每次到期末我都会问同学："你们这个学期，读了几本书？"同学们的答案异口同声："老师，我们哪有时间看书啊？"

很多学校语文教学着重在考试分数、文法（语法），而不是思辨能力，不是你喜欢哪本书、哪本书要说的是什么、感觉如何等重点。语文的词汇必须靠着大量阅读而累积内化，不管这个小孩是单语还是三语，若没有大量长期的阅读书籍，就算学十语，这小孩的语文能力还是不会很高。

家长们必须要理解一个非常简单的道理，若您希望小孩未来前途无量,明亮至极,要先帮他们把握自己的母语。唯有如此,小孩子才能对自己的身份有所认可、有所肯定。

关于母语与外语之间该怎么平衡,一直是社会上的重要议题。有些地方因为历史因素或族群多元而将国家语言定为双语或三语,这种双语政策是根据现实环境背景或多族群结构而定,有其合理性;但如果没有这些背景的支撑,强行推动双语政策,恐怕只会制造更多问题。

我们必须要找出问题出在哪里。罪魁祸首无非是没有彻底了解并尊重自己的文化,许多年轻人把自己的未来寄托在别的区域上,不少年轻人欠缺对自己的文化以及母语的自信、自尊及认同。

不少在英美国家留学过一段时间的人,一回到自己的国家似乎有种优越感。他们明明身在华语区,可是硬要讲英文,认为如此才能凸显自己喝过洋墨水、自己比较高级。我无法认同这样的行为。这种状况,很容易在外商公司出现,我就曾到某一个外商的电视台录像,就在会议室等待上场的时候,我观察到,该公司的每一个人都有一个英文名字,明明都是华人脸孔,沟通时却多用英文单词甚或全程英文沟通,而这样的状况存在他们的管理阶层中,至于现场的导播、摄影等,则是用中文沟通。打听后才发现,原来该公司招聘人员倾向有留过学的,认为可以用英文沟通是很重要的,会不会做节目甚或经营公司,倒不是最重要的。而一群留过学的人在同一公司工作,互相增强自己的优越感,却也让该电视台的营运绩效不佳,因为优越感让管理者无法接受不同群人的意见,也让该电视台数度传出易主的消息。

我在台湾的时候,跟那些在台学习中文的外国人一样,常常面临一个诡异的情况,就是台湾人只要一看到我们这种非华人面孔,就不管三七二十一地说起英语。让我觉得很微妙的经验就是,走在路上有个"阿妈"带着孙子,看到我,就一直叫他的孙子来跟我讲英文,最后,"阿妈"牵着孙子来到我面前,跟我用闽南语说"我孙子要跟你讲英文",接着,小孩怯生生地跟我说:"Hi,How are you?"这个语言错置的情境,真是让我哭笑不得。

首先,外国人不是都会说英语的,就算是会说英语,也不一定是来自英国、美国或以英语为官方语言的国家。再者更诡异的是,明明外国人用的是中文提问,也用中文答复,但对方还是一直讲英语。也许当地人心地善良,觉得要讲英文才不让对方觉得沟通挫折,或当地人觉得碰上外国人是很好练习英语口语的机会。我很想对这些人说,你这样只会宠坏那些不屑于学习中文,只想靠着白人脸孔和用英语骗吃骗喝的外国人,让这些人持续吃当地人的豆腐,然后等到居留期满就拍拍屁股走人。或是惯出在当地住了二三十年,却还是不会说中文的外国人。没错,你确实可以练习到英语,但你无法促进真正的国际友谊,反而对于那些真心喜欢这个地方、真正愿意学中文、渴望融入这个社会的外国人而言,是一种拒人于外且歧视性的对待。这不仅荒谬可笑,而且很不尊重。

归根究底,还是对自己语言及社会的自信心不够,也缺乏对自我文化及母语的尊重,而且这种没自信,会没办法让自己得到真正的尊重或诚心相待。我相信大家都听过法国人对法语多么自傲,任何企图使用英文沟通的外国人到了巴黎,只会吃闷亏,因为巴黎人完全不会跟他们说英文。但就是因为法国人对自己语言的自信,呈现出他们对自我语言及民族的自尊,让外国人也不得不尊重法国。德国也是如此,意大利也是如此。我们这些欧洲人,操持的语言比英语难上几十倍,所以英语绝对难不倒我们,但是我们还是坚持说自己的母语。结果呢,德国和法国会因为太自傲而交不到朋友吗? 巴黎、柏林会因此而不国际化吗? 我想,答案应该不证自明。

国外月亮真的没有比较圆!

中文是非常美丽的语言,可惜的是,随着时代不断发展,中文丢失了太多美好的文化内涵。在愈来愈多外国人学中文的时代里,让自己的语言观越发国际化至关重要。

我在这里再分享一个应用语言学常讨论的议题。

华人学生在学英文时,常被英文老师提醒出现"中式英文"。例如:The restaurant has many people.(那间餐厅有很多人。)这种句子常常被老师提醒是"中式英文"。确实,这种句子很明显就是直接中翻英而成,因此许多老师提醒学生不能用中文的思维来写英文,并被要求要多看、多读英文来克服"中式英文"现象,即便学生总是很难理解究竟怎样的句子才不会被视为中式英文。

过去一段时间,学者针对第二语言习得的理论,非常推崇"古典对比分析"作为研究母语与目标语的关系。这种推崇是基于结构语言学及行为主义心理学的典范基础,认为母语的形态会影响目标语的学习成效,母语若与目标语有相似结构,能促使学习者更快习得目标语,母语与目标语若有差异,必定干扰学习目标语的成效,造成学习困难,而该学习困难则会以外显的偏误呈现出来(在第二语言习得理论上,偏误并非疏失、错误或失误,偏误是指将收到的目标语输入后,将其转换成信息之前,无法自我修正的表现)。

华人家长自己在学生时期就常犯中式英文的错误,加上古典对比分析观点,难怪将中文视为罪魁祸首,想要极力铲除孩子脑袋里的中文,希望改成英文模式。然而,古典对比分析这种观点完全是根据"差异=困难=偏误"的假设,可是很多实证研究却证明了差异不一定会造成学习上的困难,有时学习者的母语若与目标语有天壤之别,反而不容易造成干扰,因为学习者很轻易就能分辨出两种语言系统的差别;反之,如果母语与目标语在很多关键处极相似且仅有细微差异,学习者常会认为两者相同而混淆。例如,以中文为母语的学习者在学习俄文时,固然时常因俄文的繁复而出现失误、错误,但不至于把中文跟俄文混淆而产生偏误;以西班牙语为母语的学习者学习意大利语,常常会因为两种语言过度相似,而出现混用的状况,反而阻碍习得地道的意语。

回到刚刚分享的故事。其实,这种句子多半是因为中文"话题突显"的认知方式,也就是脑海中先浮出"那间餐厅"这个话题,再给予评论"很多人",从而直接串成"那间餐厅很多人"的语序。这种句子结构在语言学上叫作话题句"话题+评论",即先抛出一个话题,后面再加上一个评论,如"满地+垃圾""钥匙+记得拿"。相对于中文的话题突显,英语是"主语突显",句子结构主要是根据"主语+动词+宾语"规则生成,所以当脑海浮现"那间餐厅很多人"的概念时,脑内机制会自动找出事件的主语,并转换成"Many people are in that restaurant."。

看起来好像是中文根深蒂固影响了英文学习,但这只是大脑还没完全学会切换到英语认知规则,而无关思维认知系统是否受中文影响。反倒如果一个人失去靠中文建立并培养健全思维认知的机会,就失去健全运作思维认知的凭借,若再碰上英语,不仅无法顺利切换到英语认知方式,反而会因先天语言输出的认知机制运作不良,而使中英语相互夹杂而成四不像,最后大脑会宕机。

所以,好好习得母语是很重要的!

The limits of my language are the
limits of my world.
　　　　——Ludwig Wittgenstein

　　我语言的极限就是我世界
的极限。
　　　　——维特根斯坦

如何加强自己的母语

"小麻雀,要记得吃饭饭啰,妈咪把蕉蕉放在包包里面啰!"

每天早上坐公交车,前往幼儿园时,同学的妈妈都会这样对他说话。有一天,我实在忍不住,回头一顾,看着我妈妈说:"她为什么跟她的孩子说话总是怪怪的? 电视上的人好像不这么说话耶……狮子王对小狮子说话也不会这样。你也不会这样子跟我说话。到底为什么他们要这样说话?"我问道,一头雾水。

"哎哟,没有啦! 她跟她的孩子说话的时候,觉得这样说比较可爱! 这叫作牙牙儿语,没事啦,不要想那么多,快上车车！迟到的话，老师会生气气哦！"我妈说道，模仿着那位妈妈的牙牙儿语。

　　我那天虽没追问，但心里还是觉得不太对劲，坐在车上往幼儿园的途中，我隐约觉得自己不喜欢妈妈故意跟我牙牙儿语，甚至有点气恼她因为我的问题就故意改了跟我对话的语气，但我却说不上来心中为何不快，甚至是到了有点不爽的地步。可当时年纪小，到了学校后就忘了这个情绪。随着时光推移，小孩子也渐渐成长，我们总算是长大了，我同学妈妈说话也慢慢正常起来。到了大学的时候，有一次负责教我们教育学与语言学的教授，在课堂上很认真解释——牙牙儿语对孩子母语习得及认知发展的弊端。

儿语可爱一时，害儿一世

　　很多人都可以体会到父母对小孩说话的方式，与对成人有着极大的不同，习惯刻意压平声音、提高声调、语调夸张，并大量使用迭词，例如："你的球球呢？""脑虎（老虎）""哇——（拉长音），你会帮马麻拿拿了耶！"好像这样讲话很可爱，小孩才听得懂。但真的是这样吗？我们稍早谈论到幼儿对语言的学习及模仿能力是非常敏锐、快速且准确的。幼儿们早在尚未说出字词前的咿咿呀呀声，就已经在模仿大人的语音了，别听他们好像发音不标准、语词讲得不全，事实上他们非常清楚每个语音的差异和不同语音代表不同的意思。幼儿们口齿不清，听起来好可爱，并不是因为他们听不懂大人的发音或喜欢这样的发音方式,他们发音不标准,是因为他们口腔及舌头肌肉还未发育完全,所以还不能运用自如。在此情况下,大人如果还刻意模仿儿语配合幼儿,只会让他们长大后的发音变得不清不楚。大人该做的,应该是用清晰、稳定的发音让幼儿不断正确地模仿,当时间推移,随着孩子平安成长,他们舌头肌肉也跟着发达了,自然就会发出标准的语音,说出清晰又动听的语句。

确实如此,小朋友如同海绵似的,他们会吸收日常生活中的点点滴滴,其中包括语言能力。你用唐老鸭的语言跟他说话,长大后,孩子的语言能力必定不佳。我在国外认识不少五岁小孩子,讲话的方式比我还会修辞,词汇量更不用说。他们是语言天才吗?当然不是!他们只是在一个语言输入大量而丰富的环境里长大的。孩子就是一本透明的书,他们的脑海都是白纸,你拿起笔写下什么字迹,写出来的内容,都基于身为家长的你与孩子每天的互动与教育的方式。

1991 年,有一个女孩被发现在狗窝里,震惊社会,因为她虽然是人类,却行为像狗,无法与其他人沟通。起因是,她在两岁时被酒鬼父母扔到狗窝里,和狗生活了六年,所以完全不会人类语言。在她被解救后,她经过了长期学习,才能适应人类生活,现在在一家动物诊所帮工作人员看管动物。在 2013 年也发生过同样的事情,俄罗斯的一位母亲因长期酗酒,丈夫又离家出走,他们的女儿因无人照料,只能和家犬生活到三岁。后来当人们发现并将她带出家里,这个女孩却只会像狗一样吠叫,完全不会说话。后来大家叫她"犬少女"。类似案例在更早以前,实在不胜枚举。在1972年的时候,一个印度的小男孩,被发现时大概四岁,喜欢抓野鸡,嗜血,被解救后终生不会语言,只会些简单比手画脚。在2008年的时候,俄罗斯的另外一个小男孩,被发现时七岁,他母亲把他和自己的宠物鸟关在一起,一直不和他说话,致使这孩子被发现时只会鸟叫和拍翅膀。这些因为不同原因跟动物一起成长的孩子们,普遍的状况就是在被解救时,无法用人类语言与人类沟通。这是因为,人类的大脑在受语言刺激、学习语言的黄金时期,刚好就是小孩子的成长发育时期。如果他们的耳朵没听过人类语言、大脑无法分辨人类语言,对他们来说,当其他人类跟他们说话的时候,听在他们的耳朵中,也只是另一个物种在发出声音。他们学会的,是成长环境里的那个族群(如狗、鸡、猴等)的表达方式——动作主导,没有词汇,只有长短高低的音代表不同意思(例如:恐吓外来者、族群个体间沟通位置等)。

可见,环境影响了孩子的语言习得,什么样的语言环境,造就出孩子什么样的语言能力,甚或是否精准的表达能力。

我曾听小儿科医生说过一席话,让我印象深刻。他说,有父母都是大学教授,生下来的孩子却无法精确说出自己的需求,一有不如意就闹脾气;也遇过诞生在大家族中的小孩,不到一岁半讲话可溜了。身为父母,无法决定小孩的智商,但每天陪他说话刺激脑部发展,是有助于他未来的沟通表达能力的。

那么,除了与孩子正常说话之外,还有什么方式能够增加孩子的母语程度呢?

"靠组词、造句来提高语文能力,是一种舍近求远的可笑做法,没有任何方式可以替代阅读。"这句话是寒冰在"九大风云人物"领奖时曾说的,我非常非常认同。

绝大部分的知识分子强调读书的重要性。问题是很多家长宁愿让孩子补习,也不愿意去真正地理解阅读的重要性,有时老师也曾说:"在我教学的过程中,曾不止一次遇到家长问我,怎么提升小孩的语言表达能力?怎么样写作文能拿高分?一听到花时间却无法'量化'分数的时候,家长的心就不淡定了,认为倒不如多背点英文单词或是多解几道数学证明题,还比较实际。另一种则是买了一堆文学名著给小孩看,小孩却一点兴趣都没有!最后套书只能沦为书架上的装饰品罢了!"

首先,家长应该自小培养小孩对书籍的兴趣。我记得小时候,我妈妈在失明之前,每天晚上,睡觉之前会拿一本书,一边念给我听,一边说更多有趣的故事。她这样做不仅培养我对书籍的兴趣,也促进我想象力的发展。

我在亚洲这十年来,发现很多人特别不爱读书,甚至对书本身有一种莫名的恐惧感。我曾跟同学讨论书的时候,他们每一次会问我的问题是："老师，这本书多少页啊？"只要超过一百页，学生就会一笑置之，肯定不会去图书馆借该书。

我认同"没有任何方式可以替代阅读"这个说法，所以我来给读者一些建议，关于读书的秘诀。

首先，要读你喜欢的书。这是最重要的一件事，也是唯一能让你爱上阅读的方式。我以前在初中、高中的时候，被老师强迫看书，没有几本是真正喜欢的，所以当时自然没有像现在这么热爱阅读。再者，不需要无时无刻、随时随地读书。任何一件事，如果中间不休息，你就不会那么喜欢做了。很多人说，成功的婚姻是因为双方不会一直黏在一起的缘故。换言之，休息的时间必须足矣。阅读亦然。

我以前无时无刻不在看书，上厕所、搭交通工具、吹头发的时候也会阅读，导致有一段时间我真的觉得对阅读很疲惫。现在我使用的策略完全相反。我每天留一段时间给我最想要看的书。不管长短，只要自己觉得舒服就好。请记住，阅读该是乐趣，而非义务。后来，我发现一件很有趣的事，那就是，我在那一两小时能够看的页数，比以前随时随地阅读的时候还来得多。原因很简单，因为现在哪怕只有一小时，但是在这段时间里，只有我跟我的书，心无旁骛，不看手机，不接电话，而且这样做富有效率，以如此策略，每年可以看上百本。

回归根本，要增加自己母语的能力并不难，就是多阅读。只是"阅读"这事在现代人看起来,倒变成一项不讨喜的活了!阅读其实是一个累积的过程,它会提升你鉴赏文字的能力、写作的能力;最直接的,是提升你的词汇量及对文字的诠释能力。只有透过阅读,才能培养对文字的使用能力,那可不是三五好友街边聊天就可以取得的成就。无奈的是,阅读与文字能力的关系,是一个缓慢积累的过程,不是今天你读了一本书,就吞了神药般一步登天。我承认阅读不符合现代社会速效的价值观,但若不这样做,结局就是很多华人孩子的母语能力远不及使用外语。这其实是一种很深沉的悲哀,似乎还关系着民族自尊心呢!

唯有读书才能活络思维、提高自我。阅读是一种与古往今来所有作者对话的活动,歌德曾说:"读一本好书,就是和许多高尚的人谈话。"读者会发现自己的喜怒哀乐,在世界文学书本里已被讨论过 N 次,换句话说,书可以当心理导师,引导读者找对生命的一些答案。笛卡儿也曾说:"阅读一切好书,如同和过去最杰出的人谈话。"确实如此,杰出的人生导师。

很多同学跟我反映说,他们看完一本书,几乎把内容的细节都已经忘得一干二净。我就会给他们提议说,要用标签或任何适合自己的方式,把内容圈起来!为文字加上底线也行哦!当我这样建议,有的人觉得我这样是破坏了书,这个想法让我觉得不可思议,我这才发现,有人看书是会小心维持整洁,甚至不想把书用力摊开,若是这样的话,我建议可以拿一张纸或便利贴,在当页写下你的感想或觉得好的字句。而不是书是书,你是你,完全没有交流。书籍是你最忠实的挚友,最良好的恩师,最可爱的伴侣,最温情的安慰者,一定要跟书进行对话! 到现在我偶尔回去看,很多年前看过的书,然后在里面看我写过什么笔记,似乎看着自己成长的剧本,挺有意思。我在看书的时候,无论是什么语言,我都会把生词写下来,然后有机会的话,立刻派上用场。

我曾认识一个工程师,他热爱阅读,但他读书的方式是把书分为两类,一类是他的专业领域,一类是其他方面。对于专业领域或工具书方面,他在看完后,会开始拆书,把他已经知道的,每本书都写过的部分拆下丢掉,将他觉得有需要用到或有兴趣的,叠在一起变成一本他自己专用的书。每买一本新的工具书,他就会做同样的事。对他来说,这是他跟书的对话交流。我想,书也不会埋怨他的拆解,毕竟,他用这种方式达到他阅读的目的,也让书的价值发挥到最大。

其实,一本书不只是张张纸叠起来而已,也不是一堆文字印在纸上再装订成册,而是一个等待你去探索的世界,里面的人物呼喊着你的名字,因为他们有一个故事想要跟你分享,他们人生的故事,也许也是你人生的故事。

征服

外语

Learning another language is like becoming another person.

　　　　　　　　—Haruki Murakami

学习另一种语言就像变成另一个人。

　　　　　　　　——村上春树

学外语，是人性本能

语言是由大脑的一个专门区域来进行控制的。人脑中有一个语言中枢，这意味着人类是具有说话能力的生物。但是为什么如果小孩子一来到世上，家长或任何人不跟他们说话，小孩子很有可能一辈子也不会说话呢？说话能力与生俱来，但若这个潜能没发展出来，似乎就无法派上用场。

所以有人提问："若真如此，那么世界上第一个人是谁教他的？他又是怎么学语言的呢？"

不少人假设语言是产生于家族内部，一开始，是为了沟通，也是为了共同合作。这种假说也能解释，为什么世上有这么多不同的符号系统。当然,也有很多人反对这种说法,如果语言真的是家庭内产生的,怎么会传到外面去呢?怎么解释同一个符号系统,有非常多家庭共享?还有,为什么大自然中,也有很多没有产生这种符号系统的家庭?这些问题都是个未知数。

另外,值得注意的是,语言随着时间发展,会变得越发简单。只要比较任何国家的古代语言与现在语言,会发现古代语言比现代语言复杂太多了。这是说古代的时候人类比较聪明吗?也不全然。

法国语言学家安德烈·马蒂内(André Martinet)提出"语言经济原则(Principle of Economy)",指为了适应时代发展,语言不断推陈出新,达成沟通交际的目的,但同时在确保信息正确、成功表情达意下,又会倾向在语言表达上尽量使用省力的、精简的、习惯的或者较普遍的形式。

语言遵循经济原则,因为语言是一种工具,传达意义并达到目的的工具,自然,目的随着时间而有所变化。现代语言根本不需要像中古世纪那么错综复杂。Funk 在 *Word Origin* 一书中说:"词汇时常隐藏着传奇故事,它往往把我们引入神话和历史,使我们能了解伟大的人物和重要的事件。词汇像一个小窗户,通过它可以熟悉一个民族的过去。"

在 2016 年,美国的语言学家有篇文章,结论是人类的语言有可能都有一个共同的祖先。这个研究团队,对三千七百种语言进行了语音学方面的研究。研究员选出了一百个基本单词,也就是说日常生活中在每一种文化都会出现的字。进行分析之后发现,同一个意思的字都会有类似的发音!例如,中文的"沙子",英文是"sand",意大利文是"sabbia",日文是"suna— 砂(すな)",法文是"sable"等,绝大部分的语言都会有"s"这个音。相隔遥远,符号系统有天壤之别,语音却如此相似!按照语言分子 DNA 分析,这个共同的语言是在非洲。如何从非洲移到各大洲也是个未知数。

除了"语言经济原则",也有人用上帝惩罚人类一说,来解释世上语言的多元性(也即上帝为了惩罚人类建巴别塔,变乱口音使人们无法相互沟通的故事),其实,无论怎么解释,也不管语言的来源是什么,确定的是,人类只要把与生俱来的说话能力发展出来,之后就可以学会任何外语,这可说是人性本能。毕竟,人类是群聚的动物,与生存息息相关的,就是沟通,把自己的想法传达给别人,不同的社会才能产生交流,互相成长,取长补短,相辅相成,进而维系自身的生存。

但是,为什么我们成人还是觉得学习外语既困难耗时又未必有成效呢?

我父亲算是一个非常经典的案例。他小时候并不是在森林长大的野蛮小孩儿,也不是刻意被关在笼里与动物朝夕相处的孩子。在通过正常的童年之后,跟所有人一样,他也打开了人脑中与生俱来的语言能力。不过,在成长的过程当中,他除了自己的母语,没有接触到其他的外语,所以似乎产生了一种对外语的恐惧感。当我在念大学的时候,每个星期都会拿一批卡带,在家里听录音机里传来的中文,练习我的中文口语,那时候的父亲觉得我在学的就是一种外语,一种跟自己母语差很多的语言。我曾好几次问他要不要学一两句中文,搞不好哪一天会用上之类的,但他总是拒绝我,仿佛要他讲几句中文是很可怕的事。所以就算是家里有一个人正在学中文,他也丝毫提不起兴趣来了解中文。

这样的状况,在后来发生反转。

我父母每一次来找我,虽然语言不通,但是他们"与他人沟通"这个目标非常清楚。父母总是希望能够与自己孩子生命中重要的亲朋好友进行沟通,顺利无碍。所以当他们第一次来台湾时,短短几天内,我从来没有学过任何外语的爸爸,竟然开始用"外语"与我朋友沟通!当下我真不知是否亲眼见证奇迹发生。后来,回头去想,我父母所发生的并非奇迹,而是一种再简单不过的现象。那就是"动机决定一切"。当你找到充分动机,就足以支撑你去加强母语的使用能力,乃至学习一个新的语言。

我一个非常要好的意大利朋友,他满六十九岁才开始学韩语,他学韩语的心态不是要赚钱也不是要考试,他是因为对韩国文化很有兴趣,所以决定去学韩语。他在退休后,抱着玩儿的心态学韩文,自由选择有兴趣的课程主题,既没有完成考试目标的压力,也能接触关于他最爱的韩国文化的点点滴滴,现在已能与韩国人轻松聊天,出国旅游面对海关询问也不害怕,能用韩语自在回答。

我曾有一次遇到"老年英语班"的成员,每个人平均都是六十岁以上的祖父母,他们学英语的动机很不一样,有的人是朋友找来一起学,有的是因为想要跟孙子沟通,不想让人家说她跟不上时代。这个英语班的学习方式是先教他们说英文,从日常需要用到的下手,再回头去认识字母跟单字,我发现他们学得很快乐,就算发音不很准确,也敢跟外国人说英文。

年纪大等于学得慢?

所以各位朋友,不要觉得错失了小时候学外语的时机而感到哀怨,前面我朋友的例子至少可以打破"成人学外语学得慢"的魔咒。小孩子学外语学得快,这点儿肯定是不错,但是,这或许也跟我们评判的标准有关,也跟人类认知发展阶段各有不同目标有关。

小孩子的生活环境不会要求他们需要具备多好的语言能力。小孩子只要能表达愿望、意图及需求,并且理解时间、频率、范围等初步抽象概念即可,而不期待小孩子能上台做报告、能进行演讲。但是成人对语言使用的要求可比小孩子多,成人学语言,希望不仅能达到小孩子的表现,还要能对答如流、更抽象性概念的理解及更复杂的交际训练。

此外,十一岁小孩子的认知发展还只能理解具体而真实的事件,还无法纯抽象性地操作。

成人学习外语的优势,在于认知发展完备,能处理抽象概念及语法规则,并能启动自发逻辑性归纳的认知学习机制,同时,结合社会学习机制,更快更准确地掌握外语。要达到这个目标,最快的方式就是更多的时间沉浸在目标语言的环境。

所以,我在这里也鼓励即将出国留学或已经在国外生活的人,不要整天跟同母语人士混在一起,要主动跟当地人接触交往。这样你才有机会不断使用外语,更快熟练外语。

Language exerts hidden power, like a
moon on the tides.

——Rita Mae Brown

　　语言总是发挥着隐形的力
量，就像明月影响着潮汐。

　　——丽塔·麦·布朗（美国
作家）

动机至关重要

　　"妈，我干吗要去补习，好累啊！上了一整天的课，我只想回家休息看电视、打游戏，我为什么还要去补英文，好烦呀！"

　　这是多少孩子的心声。

　　"傻孩子，你这是讲什么话呀！难道你要输在起跑线上吗？你看你班上的同学，都已经会一百个单词了，还会写句子了！快，别啰唆，你必须认真斯塔迪（study）英各粒希（english）。"

　　这又是多少家长的心声。

　　我发表演讲的时候，与各大学校的主任分享我的想法，考试与分数是害死童年的万恶渊薮，也是学外语最大的敌人。我甚至恳请过有关单位更改学校的分数评量制度。

在现阶段的制度之下，补习班再多，教师再厉害，家长砸的钱再多，小孩子恐怕永远都学不会外语，更遑论出口成章。有一年我教过一个读研究生的同学，印象特别深刻，他跟我说要成为口译员，所以希望可以先把英文练好。他确实蛮优秀的，发音几乎跟母语者没什么两样，语法无可挑剔，只是一向不敢开口说话，叫他念报纸没有问题，分析文法更是在行，然而，每当我要跟他讨论一些时事，我持续追问很多问题，但问了半天，他只一味地吞吞吐吐、支支吾吾。后来，我跟他细谈之后，发现一路走来，他根本不想当口译员，那个只是他父母一直盼望他可以做的工作。父母甚至一直强迫他考试要考第一名，分数不能低于多少分。换句话说，做口译员这件事，他是一点动机都没有，连喜欢或厌恶都谈不上。动机至关重要，我们的社会不能再继续只逼学生考试，追求分数，而不教小孩如何依循自己的动机，而且越高年级的制度越不能再等。等一时，害一命！

曾经，台湾省新北市的三峡区一名小学三年级的学生在段考前夕，选择用童军绳结束自己的生命。我还记得2015年10月13日，看到了这则新闻的时候，心里特别难过。历年来，在我任教的学校里，我跟学生探讨期中考试答案的时候，我决不会给学生们看分数。学生不理解个中原因，但我自然有我的主张。

我认为,人类再怎么正面思考,还是会被成绩单上的分数影响到。而且分数制度比瘟疫区的细菌与病毒还来得多! 老师必须要给学生分数,艺人要被资深艺人评鉴。这样的制度似乎很公平吧? 不,大错特错! 人类本性狡猾、聪明,在如此制度之下,我们只会想办法骗大家,让自己得到好分数而已,到最后,老师对教学缺乏兴趣,学生对学习更加乏味!

　　因为考试获得"高分"的同学,难免被归类为"好"学生;而分数不高的同学,便自然地被视为"坏"学生,分数不仅让他们心情沮丧,学习情绪低落,更因此被贴上标签。而且,这些分数高的"好"学生,其实也是相对于分数不高的"坏"学生。换言之,"好"学生之所以成功,无非是因为"坏"学生的失败,才得以成功的。学生之间的关系就很难有良性的发展,特别是名列前茅的那几个学生,他们之间明争暗斗,彼此之间的感情,我想也不会太好。各位家长,这样的学习环境,您认为不够扭曲吗? 所以,依我的经验,无论给什么样的分数,都不会有好效果! 我用心良苦地跟学生解释我的理由,他们表面上虽然赞同,到评鉴时却抱怨老师没有给他们看期中考试分数。唉! 不能全怪他们,因为他们也是受害者,他们所处的制度,就是单单以分数来评量一个学生的好坏。很多人心里想着,没有分数怎么办?! (没有比较基准我怎么知道自己好不好?)但除了考试的分数,就没有其他评量学生、协助学生发展的方式吗?

2006年,我在北欧的挪威待过一年,当时我学挪威语的动机单纯又强烈。那个时候,我细细观察北欧人学外语的方式,觉得他们的制度成效显著,又值得引进。每学期家长与孩子都会和班级导师进行一次"发展评量面谈"。在面谈前,老师会先发给孩子一张"自评表",问孩子在学校最好的朋友是谁? 最喜欢的课程时段? 最喜欢的活动? 觉得自己最棒的地方? 最不擅长(讨厌)的事? 以及想对老师说的话。面谈时,老师会说明这学期孩子在各个方面的表现,没有分数,没有班级排名,只有具体的描述。老师不是裁判,给分数毫无意义! 老师该帮助孩子寻找热情所在,鼓励小孩追求梦想,发展团队合作,因为这是比考试更难却更重要的事! 这另类做法侧重合作学习、协同学习、脑力激荡、成果共享,而非竞争性的排名;同学之间的关系也不会是零和游戏,学生的成功也不是踩着他人的失败而达成。他们要让孩子了解,生命并非只有输或赢,人生中还有许多没有学到的课! 每一个小朋友可以按照自己的节奏学习,而无须因为成绩欠佳而打退堂鼓。

因此,单纯地以分数评量一个学生,并无意义。青少年自杀的原因很多,政府与其绞尽脑汁,设计花哨口号来预防自杀,不如深入了解青少年问题的所在。分数对学生的残害,对学外语的失败,不亚于贫穷与家庭暴力,学校的评分制度,已到了该检讨的时候了。

话说回来,动机是学外语的 conditio sine qua non(拉丁语,意思是"不可缺少的条件"),但这不意味着有动机,一定会把外语学好。动机还区分工具型动机(即为了升迁、贸易等利益性目的)和融合型动机(即为了融入文化、社会等交际性动机)。我们要记住,语言是沟通的工具,每一个人需要使用语言,是为了达到不同的目标,因此我们也应该明确地定义对我们来说什么叫作"把外语学好"。因为不是每一个人非得成为作家或文字工作者,或者专业口译员,希望达到的语言程度自然会不一样。

比如,我在前章曾提到的老年英语班成员,如果以高中、大学生的学习方式去看他们,一定觉得学得不扎实,学得不正统,学得七零八落,可是当你在听这些祖父母分享他们出国的经验,当他们去海关时,可以回答是来旅行,而不是商务,当他们去 Outlet 买东西,可以用计算器加上几个杀价的英文单词,当他们在点东西吃的时候,看得懂菜单,可以跟服务生点菜时,他们脸上散发出一种光彩,很兴奋,很像看到新世界。这群人的需求就是生活用语沟通,不用读报纸看小说,他们也不在意文法对不对,只要可以沟通就好。我们可以说他们没有学好外语吗?从某个程度上来说,我觉得他们比考试一百分、文法单字都很行的那位想当口译的学生好多了!这群老人家,他们学外语的目标很明确,也真的勇于开口说并且使用。

面对自己的需求,了解自己的潜能,认识自己的不足,然后就尽力去改变自己的不足。可以改变,尽情改变;不能改变,敞开心扉,清楚了解自己的底线并且坦然接受。

找到一个强烈的动机,自然外语学习也就不觉得苦了!

Accent is the soul of language; it
gives to it both feeling and truth.

——Rousseau

口音是语言的核心，它使
语言具有情感和真实感。

——鲁索

口音迷思

"你的中文好好唷,几乎都没有口音,我也好希望可以
把英文学得跟你一样,没有口音!"

"拜托,如果说话有怪怪的腔调,那怎么行!"

这几句话听了不知道多少遍,久而久之,我发现很多华
人过度重视"没有口音"这件事。其实,我希望大家可以理
解,追求没有口音的语言,只是痴心妄想罢了。如鲁索所
言,口音是语言的核心,它使语言具有情感和真实感。在大
众眼里最没有口音的人——主播与配音老师,其实也有口
音! 他们的口音就是所谓的主播腔,也是一种口音!

搞清楚口音的本质是很重要的一件事,因为我认识很

多人，他们花上大半辈子在模仿母语者的口音，却徒劳无功。到最后发现，口音仍然在，语言沟通能力也没有更上一层楼。口音到底是什么？说话有没有口音究竟是什么意思？

我必须澄清一件事，发音与口音截然不同，但大部分的人常常会混为一谈。

口音是带有个人性、地方性、民族语言特征的话音。换句话说，讲话的口音，可被视为一种标记，标记着你的成长地点、生活轨迹，甚或你所属的阶层或生活族群。这就好像一般中文使用者对英文的认识是偏美式的发音及用法，但对于生活在英语环境中的人，他们可以分出你是美国人、英国人、南非人或是马来西亚人的英文，就比如我的朋友是马来西亚人，当他对自己的同胞讲话时，口音会转成马来西亚腔而非跟我对话的中文腔。学习某一种口音，会使某个社会阶层产生认同感，就像好的演员，他（她）会学习口音，为了让他（她）饰演的角色更传神。

拿《分裂》（*Split*）这部影片来说，主角是个人格分裂的患者。讲中文的人在看这部片的时候，可能看到的是演员在各角色的切换，可以看到他的表情、装扮，但如果再注意一点，就可以发现主角在每一个角色讲话时，会有不同的口音，虽然他们讲的都是英文。

一个人的口音并不一定是一成不变的，通常会随着你的居住地点及住的时间长短而有变化。就像我在中国台湾接触过一个从小被送往美国留学的女生,她虽然会说中文,但她的中文就是带着浓浓的外国腔,而且最妙的是,其他人一听就会问她是不是当过"小留学生",妙吧! 不是问"是不是留过学",而是问"是不是当过小留学生"。也就是说,使用中文的人很容易判断出每种口音的状态甚或来源,就像英文母语的人可以判断出是哪一个国家使用的英文一样。而很多人要求练就纯正外语,其实意思就是不带个人口音。也就是说,要把自己练成鹦鹉,发展无可挑剔的模仿能力。不过,这种能力似乎跟征服外语没有多大关系。

口音是一个很有趣的现象。我发现很多年轻人花很多心思模仿美国人讲话,但到最后有些老师还是不会去帮他们矫正,而且这些口音的问题会阻碍沟通,像 main 跟 man 的差别,或 pain 跟 pen,根本有天壤之别。有一次,我的一个硕士班学生,在美国待过很多年,说英文的流畅度跟母语者差不了多少,但还是不会区别几个特别相似的音,因而常导致我听不懂她在讲什么。换句话说,即使她英文再怎么厉害、再怎么地道,但她却无法清楚区分常用词汇的两个音,所以还是沟通不良,这多可惜啊! 口音唯一值得注意的时候,是当它成为沟通的障碍的时候。尽量不要让发音成为你的沟通绊脚石。我要重申:不要让发音问题成为你的沟通绊脚石。与其花心思模仿美国人,不如先把阻碍沟通的绊脚石搬开,保持路面畅通。所以,大家要记住:口音之存废,应该注重沟通,而非一味阻碍之。

其实不光是口音,有些华人学英文,还有一个特别的地方,就是想要模仿特定口音,例如英国腔。常常听到很多人说英国腔很好听、很优雅,常常打开 BBC 去模仿英国腔英文,water 都要念成"窝特"才显得有文化。事实上,这是没有必要的。因为没有一个腔调能保证使用者的身份文化或地位。有些人觉得美国人的美式英文卷舌很多,鼻音又很重,有些人却觉得这才是正统;有些人觉得英国人的英式英文很做作,都不卷舌,很难听。说到底,美国腔或英国腔,真的重要吗?

还有更特别的地方,有的华人讲英文时,碰到要讲中文的地方,会模仿外国人讲中文的怪腔怪调,好像觉得这样才是标准口音。例如,讲到"台北",很多人总喜欢说成"胎配",请问有事吗? 我记得我曾经参加某一档节目的时候,不熟悉我的语言能力的记者,cue(点名)我的时候,她是用怪腔怪调跟我说话,被网友骂得很惨。外国人的中文怪腔怪调,那是因为他们不习惯中文的四声调,无法清楚掌握中文声调的相对调值,所以怎么说怎么不到位。华人自己讲中文,声调明明可以掌握得很好,为什么要去模仿外国人的怪腔怪调呢? 语言终究是要拿来沟通的,如果一味重视腔调口音,却导致语言本身缺乏沟通与交际的功能,那就是本末倒置了。

前几年,有一名非常资深的歌手出了一首新歌,非常好听,也非常悲伤。不过,更悲惨的是,副歌里面的一句话

Pain is gone（不痛了）被她唱成 Pen is gone（笔不见了）。如果华人歌手要用英文唱歌，有国际范儿，是可以的，没有问题，但要先确认发音正确与否，否则你们的认真将功亏一篑，甚至成为外国人的笑柄。

按照我几年来的经验，大部分的华人，包括很多自称英文老师的，都会说错，例如将 Pain is gone 发音成 Pen is gone，这就是华人特有"致命"的英文发音错误。之所以"致命"是因为阻碍沟通，并导致很多误会！除了 Pain 跟 Pen，还有就是 Main 跟 Man，Rain 跟 Ran 等这两个元音的不同之音。

所以将笔记本准备好！

在 Man 的音标中间你所看到的［æ］为字母"a"出现时常见的发音，又名蝴蝶音，那么念这个音要特别注意什么呢？把嘴巴张得大大的（重点！），发音时，嘴巴下方会稍微紧绷地往内缩小。可以先念汉语拼音的"a"，再慢慢地加入"ε"的音也可以成功念出"æ"哦！在 Main 的音标中间你所看到的"e"的音是不是很像将"ε"的尾音拉长后的结果呢？没错！在发"e"时，嘴角往两边压紧，嘴形比较扁小，如果还不确定发音，可以念念看汉语拼音的"ei"，再加强汉拼"i"的音，就会知道该怎么念啰！要记得再加强汉拼"i"的音才对！

这时候发音很重要，但并不是因为有一种要模仿别人的痴心妄想，而是因为阻碍沟通，并导致很多误会！

除此之外,学外语如做人一样,得有敬畏感以及自知之明。

自小我班上的同学都会叫我"鹦鹉哥",因为我特别会模仿意大利各大区的口音,那是我与生俱来的能力,但我外语能力好不好,跟这种能力完全无关。首先,千万不要为了自己的口音别扭一辈子。毕竟不是每一个人都要成为专业演说家或者口译员。其次,要接受自己模仿口音能力的底线。勤奋认真,努力了,别再痴心妄想,专注于沟通能力最为要紧。

总体来说,越多人讲某一种语言,口音自然越多,以英文来说,光是英国自己本身,就还分苏格兰腔、英格兰腔、威尔士腔,这还是以大地方分。再以小地方分,就还有各城市的差异,都市与郊区的不同。近几年来,全世界疯狂学习中文,光是中文就有很多口音,台湾腔、大陆腔、香港腔、新加坡腔、马来西亚腔等,以及加拿大的中文、各国华人区的中文,口音差异之大,说也说不完。口音本身只是特色,不影响语言沟通之本质,然而,口音特色若已经影响沟通,举例来说,有时会听到有人说"乡音太重",听不懂,那么口音就成为需要被矫正的对象。

Language is the blood of the soul into which thoughts run and out of which they grow.

—Oliver Wendell Holmes

语言是灵魂的血液，思想就在其中流淌，从中生长。

——小奥利弗·温德尔·霍姆斯（美国最高法院前任大法官）

学外语的秘诀

近年发现很多年轻人，尤其那些喝过洋墨水的学生，崇洋媚外的趋势愈来愈明显。许多学生由海外回流华人区，对本地文化常戴有色眼镜，甚至排挤。华人社会给喝过洋墨水的人一种幻觉，就是"哎呀，我好厉害好棒棒，因为我是国外回来的"。但其实这种"不以能力判高下，只爱舶来品"的心态，是很多华人的悲哀！

崇洋媚外的年轻人为何偏偏只要跟外国人在一起，就有某种无端而来的自卑感？（相伴随的还有鄙夷同国人的优越感?)其实，国外月亮真的没有比较圆！譬如，有时候，在国外念了一段书的人，一回国就似乎有这种倾向，明明在华语区,可是硬要讲英文,认为如此才能凸显自己喝过洋墨水而显得高人一等。最可怕的是,连他们的中文也会带一种刻意模仿外国人讲中文的腔调,我就碰过这样的人,他讲话的时候,会说"这个……You know looks like very……嗯,怎么讲呢……就是那个啦! very 美味啦!"或者是会故意在中文里夹杂很多听起来自以为很专业的名词,"开会 must on time!""hurry! ASAP!"我无法认同这样的行为,也不认为这是可以展现自己学好外语的最妥当方式。然而,这种现象的存在,仍然让许多人认为我只要出国,也能跟他们一样回国"炫技"(虽然这种"技"未必能炫得多好)。

学外语一定需要到国外吗?

我相信曾经有人这样问过你,甚至很可能你就这样问过自己。也不知道是受什么影响,有一派父母觉得把小孩送出国,就可以学好英文。有些公司明明都是华人,但为了显现自己是跨国企业,沟通都用英文,甚至只录取喝过洋墨水的人当主管。造成了"可以出国念书=家里比较有钱;出国回来=英文好=能力强"的刻板印象。但出国才能学好英文吗? 不必然。

重点是,创造环境。

现在不管住在世界的哪个角落,只要能够上网,就可以收看各国的节目,也可以选择使用外语字幕观赏。网络影音平台也数不清,无时无刻不可以看原文的电影。我小时候的年代可不一样,我还记得当时我最喜欢看的电视节目是美国的肥皂剧,但意大利所有节目与电影都是配音的,因此我无法好好享受演员自己的声音。但是,起码我比我同学幸运,因为我亲戚住澳大利亚,所以我可以每一个月都请他们帮我把当月的每一集录下来,然后放在一个卡带上后,从澳大利亚寄到意大利。虽然整个过程都要几个礼拜,不像现在都可以及时追剧,但至少我有了他人没有的渠道。

回到一开始的问题:学外语,一定要出国吗? 这个要看你把外语学到什么程度,以及你如何营造学习外语的环境。

论到学习外语环境,其实,就华人社会目前的条件,已经可以不需太高成本即可营造出很好的学习英语环境。首先,华人社会对于欧美影视作品通常不会额外配音,因此能原汁原味接收到英语;其次,图书馆或书店可以找到一些质量较高的学习英语资源,甚至也可以在互联网上接触到来自国外的资源。即便如此,还是有很多人不断向外求取,一直认为国内没有好的学习外语环境。其实我觉得,更重要的是,当事者没有先厘清学习外语的目标并拟订按部就班的计划,因而无法系统地学习。

出国就能学好外语吗?

以我曾上节目的经验,真的不然。某男性主持人最常被开的玩笑,就是他跑去加拿大留学,结果学的最好的语言却是广东话,因为他跟当地华人关系比较好,生活中的同伴都是广东话的使用者,交谈也是用广东话,所以他的广东话比英文好。而最普遍的现象就是,小孩被送出国念书,最常见的就是一群华人抱团取暖,使用共通语言——普通话,一起交谈生活,让他们更有安全感,也标志着同一群体的身份,华人的抱团性又强,吃喝游玩睡都在一起的状态下,用英文的机会没爸妈想象中那么多。

长期下来,因为不擅长使用英语沟通,就变得更不愿意用英语沟通,造成的影响是,孩子不跟教授沟通、不跟学校行政人员沟通,最后学校的课程也不太愿意去上了。父母们根本不知道孩子在国外的情形,孩子们也在缺乏陪伴及正确引导下,天天混时间,最后把父母给的留学钱花光了。可想而知,这样的孩子即使毕业回到自己的国家,他的英文还是只会几句简单问答,无法进行更深入或更高阶的沟通交际。

我曾遇到过一个朋友,被父母送到国外留学,但英文讲起来真的不太行,问他为什么? 他回我说,因为他的同学都说中文,造成他听懂了马来西亚人的中文、一点点韩文、一点点日文,英文的程度还是只停留在基础的生活会话。

学外语不该有任何利益关系,找出学外语的内在动机

按照我的经验,学外语最重要的一件事就是,不要有压力。任何被评论的环境之下,外语永远都学不好,学得不愉快。很多小朋友一直不断地死背内容,为了准备考试,紧张

兮兮地只想方设法讨好老师,得到好分数,考试完毕,自然全都忘光。我学中文的时候,都会上网找自己喜欢的电视节目(当时万万没想到,有一天会轮到我用中文主持节目以及教书)。设定出自己想学习的目标或领域,再用外语去搜寻。这就好像近年来很多人受动漫影响,会讲几句日文,受韩流影响,会讲几个韩文单字一样。当你对一件事感兴趣,甚或崇拜某个偶像,你的语言能力自然就会进步,因为内在动力——求知欲,会逼得自身需要增进。因为没有同侪所给予的压力,只有你想要知晓某个知识的热情。

另外一个问题是,很多人学外语,不是因为感兴趣,而是因为有用。欧洲人近几年来着迷于中国的经济奇迹,也一窝蜂地开始学中文。可惜的是,因为本身对这个国家及文化一点兴趣都没有,失败的个案也非常多。举一个简单的例子,中文热的影响之下,开始有人会把中文作为刺青刺在身上,可是有些时候,就会造成一些"美丽的误会"。刺青师傅有一个册子,上面是中文字与英文的对照表,如果师傅只是照型样去刺,就会发生"恨"刺成"小艮"、"碧"刺成"王白石"这类的状况,最怕的是只找个图样,里面有觉得美的中文字,一刺上身变成鸡汤面、芝麻面、糖尿病……这就是因为他们只盲目跟风,却不去知道真正的意义,如果在刺青前找一个真正懂中文的人问清楚,或许这些美丽误会不会产生。要不就像贝克汉姆,刺个"生死由命,富贵在天"吧!

我现在正在准备泰语、越南语及挪威语最高级的考试。

在挪威,每一个人,真的是每一个人的英文都无可挑剔,从小朋友到祖父祖母年纪都能出口成章,所以其实靠英文在挪威就可维持基本生存能力。然而,很多人问我到底为什么要学挪威语?你这是何苦呢?工作升级需要吗?要移民吗?大学考试吗?多一个语言你可以多赚多少钱?学语言很辛苦!你干吗要学完全没有用的语言?

这些,都不是我学挪威语的原因,唯一原因就只是因为我感兴趣!我准备这场考试,等于给自己一个目标,一个把挪威语学得更好的理由。但我做这件事,没有任何利益关系,至少当下没有。

所以当我听到这些评论,说挪威语没有用,说我在浪费时间的时候,心里其实很难过。因为语言不是药物,什么叫作没有用。就算你的意思是派不上用场,也是一个错误,充满着迷思的概念。我曾经在万分压力之下,也试过学一些大家认同比较有用的语言,像阿拉伯语或是俄罗斯语。结果呢?可想而知。不仅没有学好,反而越学越乏味,因为当时就是不感兴趣。

当然在华人社会,可能自小大家就被要求英语不能不好,而资源分配也对英语不好的人不太友善,以至不是人人学英语都完全没有利益关系。因此,我在这里是呼吁大家找出对英语的热忱,找出你使用英语的内在动机,才是学好外语的秘诀!要懂得倾听自己内心的声音,了解自己的兴趣,尊重自己的喜好,设定自己的目标,无条件而不求回报地去学。

切记,外语不是外贸,虽然只有一字之差,咫尺之隔,却是天涯。外贸与利益息息相关,外语却毫不相干。外贸令人充裕,外语令人充实。

文化

至上

To speak a language is to take on a
world, a culture.

　　　　　　　　—Frantz Fanon

讲一种语言即是占有一个
世界、一种文化。
　　　　—法兰兹·法农（法国
作家、心理分析学家、革命
家）

语言与文化

　　我有一个朋友,是一位明星,而且是属于仙女系列的那
种明星。镜头前,彬彬有礼,温文尔雅,私底下其实也蛮客
气的。只是说话有一种习惯,她习惯开口先来个口头禅,这
个口头禅刚好不是个好话。

　　第一次跟她约吃饭的时候,刚好是另一个共同朋友的
生日派对。那位朋友也是明星,于是乎他们决定到某一家
餐厅的地下室包场。仙女顺便邀我陪她去参加派对,我一
开始很想拒绝,因为很不喜欢这种场合。一般来说,大家喝
了几杯酒,就开始胡言乱语,而且既然我比较不喜欢喝酒,
通常大家都会来找我说话,有人诉苦,有人发酒疯,有人乱

亲吻,有人借酒消愁愁更愁,他们都会来找我哭着、号着清醒时不敢发泄的情绪。

我的这位仙女朋友自然也不是个例外,不过到那天晚上我才发现,她只要是骂别人(通常是圈内的其他女明星),都会有类似的语句:"你看那个骚包、贱货、烂人、臭×鱼,超没文化的啦!"

我第一次听她这样说,没有特别留意,想说也许只是随便说一说而已。不过相处久了,我才发现,"没文化"是她骂人的招牌口头禅。

后来,有一次,一起录节目的时候,在梳妆间,我又听到她骂某一个化妆师把她的头发弄得乱七八糟。那一次,头发确实弄得不太得体,但这不是重点,重点是仙女又骂他"超没文化"。

后来,我去研究一下这种说法,发现其实蛮多人喜欢用这个说法骂别人。严格来说,骂人没文化,已经是涉及人身攻击,可能构成公然侮辱罪。如果是被第三人(含以上)听见且愿意出庭作证,更能成立。不过,请问大家,有没有考虑过,什么叫作"没文化"? 很有趣的是,完全没什么意义!

因为文化并非文明之意。我曾任教跨文化课,常会跟同学讨论文化到底是什么? 简单来说,文化是代表一群人的生活习惯、风俗、信念和价值观。任何不同背景的人都有其独特的文化,包含了宗教、社会结构、语言、教育、政治哲学、经济哲学等因素。因此,男女之间、亲子之间、长晚辈之间,包含不同世代、不同社会背景的沟通都可算是跨文化的沟通。

换句话说,没有任何人、事、物没有文化。这种"先进才叫有文化、落后粗鄙就是没文化"的迷思,恐怕是来自一百年前自我民族中心主义(Ethnocentrism),在各民族当中是司空见惯的现象。顾名思义,保持这种主义心态的人常会在各种文化表现(包括语言、行为、习俗与宗教等方面)与其他人作比较,并且会认为自己比较先进,觉得自己有文化,碰到其他族群的行为等,在自己的文化中是被认为落后粗鄙的,就会觉得对方没文化。Ethnocentrism 此现象被视为一个民族的自我肯定及文化认同。

事实上,在文化研究人员看来,一个人的"没有文化"正是文化研究的起点。英国文化研究专家雷蒙·威廉斯(Raymond Williams)曾从三个角度来定义文化:第一个是"理想的"文化,也就是那些具有最绝对而普遍的、最完善的状态;第二个是"文献式的"文化,也就是文化记录并反映了一群人类的经验与想法;第三个则是"社会的"文化,也就是文化是一种特殊生活方式的描述,表达出对日常行为的意义与价值。所以文化其实有很多层面,说一个人"没有文化"其实正是他的文化显现层面之一。而文化研究学科的建立本身,就是为了推翻知识分子以精英偏见式的批评武断地否定大众及流行文化的价值。

诚如我前面说过的,语言会影响思维,而思维也就显现在文化的每个层面中。因此,文化也是学外语所需要具备的最重要的知识。文化意识比语法、口音、用语都重要。不把握某一国语言的文化,等于说没有主导那个语言的神韵与精神。

语言是文化的基础,又是文化的结晶。

研究语言往往离不开语言与环境的作用。人们在环境中生存、生活,透过语言彼此联系,所以语言必定包含环境影响的因素,语言本身亦跟文化有关系。

要从语言里看出文化影响的影子,最直接的就是从一个语言的词汇下手。当人们遇到需要描述眼前具体事物或概念时,他们必然会先创造出语音并赋予语意,根据意义来分辨。如果这个事务或概念对于他们不需要太多区分,那么这个语言就倾向以笼统形式概括之。例如,印度南部的 Coya 族人,因为他们是住在热带丛林里,在描述环境及沟通时,必须分辨不同种类竹子的名字,然而雾和露在丛林中几乎没有区别,因此他们的生活(文化)也不必区别两者差异;另一个例子是因纽特人。因纽特人身处极地,天气对于他们生产活动——狩猎和行旅至关重要,虽然在我们看来那里永远在下雪,然而对他们而言,"雪"就不能仅仅是"snow"的一个名词,还要细分不同雪的形式,如"地上的雪""正在落下的雪""暴风雪""正在堆积的雪""冻结的雪"等诸种的特定名词。

挪威人也如此。我记得曾经要学挪威语的"下雪",老师在黑板上写了半天，就跟我们同学说，挪威语的"下雪"就是有这么多说法，很多说"下雪"或"雪"的不同词汇。

不过我觉得更有意思的是，文化也会影响语言的另外一层，就是语用层面，这一点不论你的外语能力再好，总会遇到一些文化性误会。看过宫斗剧的大家一定很能体会，要在偌大紫禁城生存，听懂别人话语意涵的能力非常重要。其实不仅紫禁城，在现代华人社会，话语的力量很可怕，所以话不能乱说、话不能明说、话不能说死、偶尔要给别人台阶、呛人又不能明呛，这些人际相处哲学，就间接塑造出中文独特的语言文化。

之前在录像现场的后台，我有一个明星朋友，跟我抱怨说，某某某现在没工作，刚好厂商有一个案子想找他做，但是那个厂商没有对方的电话，所以请他帮忙，但他觉得某某某工作态度不是特别好，很怕自己介绍了对不起厂商，"但我又不想挡人财路"，他最后这样说道。

所以，他是想介绍还是不想介绍呢？这么委婉地说了一大圈，其实就是想要跟我寻求"不要介绍"的同意选项，但如果是个直来直去、刚学中文的外国人，一定会跟他说："那你就介绍啊！"

前不久，去一家饮料店买饮料的时候，我前面有一位来自印度的女孩。这位印度女孩的中文沟通能力还行，虽然不精通，但还算是中高等。到了她快要离开、换我点饮料的时候，她突然回来问店员："你还有别的吸管吗？"

店员一开始听不太懂，因为声调的问题，我帮她用正确的声调重复问题，店员还听不懂。我心里觉得不太对劲，会不会又是什么跨文化的误会。

后来，我就帮那位女孩子进行跨文化翻译，跟店员说："麻烦你再给她一支吸管。"他突然恍然大悟似的。虽然意思完全一模一样，但用语不同。在国外，若店员听到："你还有别的吸管吗？"他立刻就会知道可能是吸管坏掉了，或是她只是想多要一支，就这么简单。但该店员，不太明白什么叫作"别的吸管"，难道要不同颜色的吸管吗？不同尺寸的吸管吗？还是环保的吸管吗？铁的吗？还是属于创意型的长方形吸管？店员也说不定。

前几天，类似的误会也发生在我的身上。我在东方待这么久，有些时候，我还是不太能理解东方人的委婉。我要去山上找一个朋友，她妈妈给我发短信说："如果不方便，我帮你订旅馆？看你需不需要。"我很白痴地回她说："不会呀！不会不方便，睡你们家就好，多谢关心！"后来我朋友打给我，骂我说："你很白痴耶！是我妈妈觉得不方便啦！"

我当下只好道歉，改变行程。后来，我再检讨，也找不到能怪我自己语言能力的地方，因为对方毕竟是用假设句，如果不方便……但我没想到，对谁不方便。

其实，日常生活中，这样的例子，数不清。只要是跨文化，都会有这些问题。但要记得，跨文化，不一定要出国！因为男生女生也有不同的文化，前辈与晚辈也有不同的文化,产业不同也有不同的文化。因此男女之间,亲子之间,甚或不同公司的业务往来等,常常会有一些沟通分歧出现。

我在前几年出版的《没在怕！有话直说的勇气》这本书里,也有提到类似的问题,关于不好意思的滥用度。这种语言现象也跟文化息息相关。

又或者去外面吃饭,吃完饭要结账的时候,都会问:"你们这边可以刷卡吗?"这是一个很简单的问题,是所谓的 Yes 或 No 的问题,答案要么是肯定的,要么是否定的,对吧? 不对!

在华人社会,常回客人说:"我们这边只收现金。"第一次遇到这样的状况,我还跟店长讲道理,跟他说:"我又没有问你们收不收现金,我只想知道可不可以刷卡。"结果我朋友给我面子说:"没关系啦,我来付就好。"后来,我才知道,他们宁愿用这样的说法,也不会直接给客户一种否定的答案。追根究底,也是蛮贴心的。

可惜,在学中文的过程当中,没有人教你。

最经典的话,是"有机会的话,再约吃饭啰"。

有一次正在录制《康熙来了》这档节目,我就暴怒地跟两位主持人说:"什么叫作有机会? 你有这番心意的话,机会要给我创造出来的!"没想到,我一番心里话,却是两位主持人很多年来笑得最开心的一次。有时候认真、真心反而可以逗乐观众,也值得。

不过,当下我真的不懂这个文化,你真的要跟我约吃饭,干吗要等到有机会呢?你打给我约一约不就完事了吗?

还有另外一个就是"都可以""随便你"。我一开始学中文的时候,我并不是把自己放在外国人的环境里,而是尽量把自己放在当地人的环境中。那时交了一群当地朋友,因为我想快快增进我的中文语力,所以很喜欢找他们一起吃饭聊天。但每次约,问对方要约哪里、吃什么的时候,总容易听到对方说"都可以""随便你",于是我就认真地找了餐厅。这时可能又会收到意见说"我想吃肉耶!""我想要离捷运近一点的地方!"。如果是"都可以""随便你",那需要这么多后续的要求吗?这样根本就不是"都可以""随便你",而是一种隐藏在语意后面的假随和罢了!但这个语意,我却是要多年后才能真的领悟,白白生了好多回的闷气!

然后,中文里面还有一种状况叫作"模糊化"。光一个"还好",就让我吃过不少亏,到底是"尚可"的还好,还是"很可以"的还好,没想到竟然要放在当下状况,还要评估对方来自哪个地区才能判断。比方说,跟台湾人相处久了,我才发现台湾南部人说的"还好"是一种客气话,可能今天东西很烂,为了给你面子,会说"还好",菜很难吃,但因为你请客,所以他会说还好;但台湾北部人就算很喜欢,也不会直接说我喜欢,而是"还好"。像我有一个朋友,我是后来才知道他喜欢某某歌手,一开始她问我某某歌手怎样,我说"嗯,还不错",她也回我说"我也觉得还好"。结果她就开始跟我说,她欣赏这个歌手做音乐的态度跟认真,一直讲歌手的好处跟优点,就是不说自己很喜欢她!但我一听就是很喜欢呀,所以我问她:"如果你很喜欢,为什么评价是还好呢?"她回我:"好像直接说很棒,就是 个无脑粉一样。"当下听得我真不知怎么回答。而这种发生在日常聊天的"语意"常让我觉得很奇怪,一直到现在还是会有搞不懂的时候。

有机会的话,未来我一定会教外国人学外语过程当中最该注意的不是语法,也不是口音,而是文化!特别是华人社会很看重话语,说错话引来的杀伤力,永远比吃错药还严重。

不!肯定会有机会的,因为这样的机会,我必定会创造出来的!

A nation's culture resides in the hearts and in the soul of its people.
　　　　　　　　　—Gandhi

　　国家的文化蕴藏在其人民的内心和灵魂之中。

　　　　　　　　　——甘地

别再崇洋媚外

　　我外祖父年轻的时候,服务于罗马最奢侈的饭店,也是当时唯一的一家六颗星旅馆。世界上最有权威、最富有的旅客都会下榻在这个饭店。举凡国王、王子、皇帝、酋长、演员、导演、舞者等,我外祖父通通服务过。当年,他非常自豪于饭店工作,毕竟年轻的他,既崇洋媚外,又是追星族。世界上的那些年轻人,又何尝不是呢?

　　我外祖父年轻的时候,我自然还没有出生。这些是他后来老了,跟我分享的故事。我会知道这些,是因为有一天在罗马家的客厅里面,我打开了抽屉,发现里面有一大沓的旧照片,而且全部都是亲笔签名照。看了又看,认得的没几个,只知道男的帅女的美,而且不是平凡的那种美,个个充满巨星般的范儿。翻着翻着,我终于翻到了两位我相当熟悉的女演员,可称国际巨星,最起码每一个意大利人都一定知道,就是苏菲亚·罗兰(Sofia Loren)与珍娜·露露布莉姬姐(Gina Lollobrigida)。

我当下眼睛一亮,跑去厨房找正在熬汤的外祖父,问他怎么会有那么多签名照,而且,我好羡慕,好羡慕呀!我外祖父非常不屑地跟我说:"羡慕?这有什么好羡慕?我都准备要丢掉了!"我怒气冲冲地回他说:"你疯了吗?万万不可!丢不得呀!这要留下来,要送给我!"外祖父只是淡淡地响应着我说:"来,汤熬好了⋯⋯"再也不提签名照的事。

当时我跟父母住在托斯卡纳,我们至少一个月会开车到罗马去一次,一趟大概要开三小时。每次一到我外祖父家,第一时间我就会跑去客厅,打开抽屉检查那些照片是否还在,直到有一次照片真的烟消云散了,我也不好问我外祖父照片的去向,因为我就知道他肯定是丢掉的。

这事也就这样如过眼烟云,一直到我搬到罗马读大学的时候,人长大了,成熟稳健了,觉得可以像大人一样与我外祖父进行对话了,这件事才又一次被提起。2004年的某一天,他就解释给我听,为何他对那些签名照又爱又恨,而且是五味杂陈,不知如何看待那些照片。

"小不点,你知道吗?我自小特别羡慕那些明星,并不是因为他们的名气,而是因为他们来自异地,他们的国家,他们所属的文化,跟我的截然不同。我一直盼望可以跟他们一样,到处旅游,出国玩儿,甚至环游世界。但我一直不懂得欣赏我自己国家的好。外祖父年轻的时候真的是崇洋媚外。"

"崇洋媚外有什么不好?"我回答说,"拿别人的好,来补充自己的不足不就是一种取长补短、相辅相成的策略吗?"

"你说得没有错。"外祖父说道,"秉持着这样的精神当然很健康。但崇洋媚外不是这个意思。崇洋媚外的意思,就是几乎否决自己拥有的一切,而过度欣赏甚至羡慕来自异地他人的枝微末节。这可是人类最蠢的错误。你要答应外公,要先懂得自己的美好,欣赏自己的美好,才可以平常心去理解、欣赏别人的文化。永远不要否决自己的价值、自己的世界观,因为那是你的根、灵魂的精髓。"

我来到东亚之后,才真正明白外祖父的意思。很多年轻华人欠缺对自己的文化、所住之地以及母语的自尊感,这可是很多华人的悲哀!身为外国人的我确实受欢迎,有时甚至比当地人还吃香,但我同时意识到年轻人常常只要跟外国人在一起,就有某种无端而来的骄傲感,甚或有点睥睨其他人的姿态。但这样的行为,我把它解释成自卑又自傲的交互作用,自卑于自己是华人,但又自傲自己是"接近"外国人的人,好似这样就高他人一等。这种自卑又崇洋媚外,常会让他们出现一些行为,使我无法认同。配合外国人用英文交谈,试着委屈自己以求全于外国人,甚至漠视自己社会的规范,只为了给外国人开方便之门等。

更有甚者,硬要给自己取一个英文名字(就连艺人也有奇怪的英文名字),据我观察发现,有一类人,取名不注重整体的念法,闹出笑话却不自知。我就曾陪教美语的朋友,一起去看小朋友的英文演讲比赛。其中,一个小朋友上台就自我介绍说"My name is Holly 谢",全部的外国人都笑翻了,坐在我们前面的华人都很安静,还转头问我们在笑什么。我说,你听不出来吗?他说他是"Holy shit",对方就说不是不是,他姓谢不是 shit。另一种更微妙的,就是以水果当名字,比如说 Apple 或 Cherry。其实我看到这种情况也很落寞,中文名字这么优美,好歹取个跟中文名有相合或音近的名字,岂不妙哉?

"人人自有定盘针,万化根源总在心。却笑从前颠倒见,枝枝叶叶外头寻。"王阳明指的定盘针是良知,但我觉得他讲过的话却能作为这个媚外现象的解法。华人的历史与文化悠久,年轻人应以自己的文化为傲,而这个悠久的文化历史就是定盘针,唯有肯定自己的历史与文化,外国人才有办法认可你们。而不是戴着一种有色的眼镜,只认为外国人文化才是好,甚至以国外的标准来要求当地的人们或环境。要记住,"自重者人恒重之"。在自己国内,你不需要移植美国、法国、意大利的那一套,而是要让从美国、法国、意大利来的人,学会自己国内的那一套,才是真正的自重他重。

曾在录像后台听两个三十岁以下的女艺人在聊天，一个要去美国找男友，一个要去美国念短期语言学校。我当下忍不住好奇地搭了话，一是好奇 A 女的美国男友，另一则是好奇女艺人为何会去美国念语言学校。"你这个在美国的男友是怎么认识的？是在台湾就是你的男友，然后去了美国？还是你在美国交到的男友？"A 女撇着头，有点故做可爱状，"就以前我念书的同学，后来约出来见面认识的，现在跑去美国念书了！他从以前就很会念书耶，虽然在台湾也大学毕业了，不过他又考到美国的学校，你不觉得很棒吗？像我就没有那么会念书……"

　　我一听觉得这个男友好像是学霸，赶紧问她是在哪个地方念书。没想到手机拿来一看，是个小区性的学校，而且那所学校我在 Google 一搜，比较接近大家所称的"野鸡大学"。碍于要上场录制节目，我们的谈话就中断了。

　　过了两年，有一次，又遇到 A 女，她已分手，但交了一个外国人当男朋友，言谈中有一种骄傲感，好像有个外国男友就高其他女生一等，但我心里暗笑（因为在外国人圈子中，我们大概知道那个男生可能是在自己国家没太好的工作才到中国台湾去）；但另一个 B 女更有趣了，她去暑假短期语言学校，结果节目上，她是英文很差的代表，问她为什么会这样，她说，因为同个班级的人来自世界各地，大家英文都不好，所以她也没学好！

　　其实，有时候你会发现，"外国"这个元素，看起来好像很美好,实际一看不过尔尔;到国外去学语言,甚至居住工作,并没有你想象中那么美好。我曾到国外的节目录像,跟当地华人讨论他们对移居的地方有什么看法。竟然发现大部分的人异口同声地说,现实比理想残忍太多,若可以回去,他们一定不会那么崇洋媚外,奋不顾身地非得出国。还有几个人说,就算可以回去,他们也不敢,因为一旦回去,就等同有了失败感!

我们应该客观而理性地看待"外国"在这个世代的意义与作用。确实,对于某些人来说,"外国",或者更确切地说,"跨国移动",意味着跳脱出国内的规范与思维框架,从而有改变的可能与潜力。流动总会带来新的改变的契机,但同时也意味着变动与挑战;有时候挑战之大,让有些人后悔莫及。在全球化时代,各种人流、金流和物流自然促进发展,但也让世界更加互相依赖,牵一发而动全身。因此,这个"外"不用去"媚",而是要知道"外"相对于"内"的变动性及挑战性。出国念书与工作不意味着成功,留在国内也不代表失败,重点是理解流动带来的机会与风险。我认为,在这种流动的时代,不是一味地追求出国而媚外,而是知道自己的"根",同时保持流动的"势",迎接各种机会与挑战。

我这里说的"根",不是排外性、本土性地不断强调自己文化多么高人一等,甚至要打肿脸充胖子,这里说的"根",是知道自己文化的特色与优劣,同时对他人文化抱有开放的心胸,并在流动世界中懂得伺机而动、取长补短。知道自己的"根",不是自我膨胀,开放的心胸,更不代表要自我矮化。

　　说到这里,我相信大家对自己文化的理解已经增多不少。但对别人文化的理解到位吗?我听到有些人对意大利的看法,就颇值得商榷。有些人认为意大利人不勤劳、就是爱喝咖啡、很会追女孩子等。这些我部分同意,部分不同意。意大利人没有不勤劳。在我看来,北意人比较务实,而南意人比较重休闲。这种重视休闲的观念多少是人们对大自然的礼赞与拥抱(地中海的海水、阳光及气候十分舒适迷人),也对工业资本主义异化人心的拒斥。然而,很多人对意大利文化的理解只停留在游手好闲,以资本主义的逻辑去理解,这就很不到位。

　　亲爱的,不要让标签绑住自己,不要画地自限,更不要崇洋媚外,觉得外国月亮比较圆,而去贬低身为中华民族的自己,热爱自己、自己所住之地,才会赢得其他人的尊重。

I have not told the half of what I saw.
　　　　　　　　　—Marco Polo

　　我所叙述的还不及我所看
到的一半。
　　　　　　　　——马可·波罗

前世今生

　　每个行业都有自己的习惯和规则,这跟每个行业的环境与属性有关。我认识一些娱乐圈的朋友,这些朋友总会跟我分享一些在娱乐圈摸爬滚打的一些经验。由于娱乐圈很相信时运与机会,一些艺人偶尔会听听算命老师的建议,当作工作的一些参考或提醒。我的一位艺人朋友,当时正经历低潮与不顺,想让我陪他去找找算命老师聊聊。我当时真的就认为华人社会的算命应该就像心灵咨询那样,因此我就把这个邀约,当作是陪陪朋友去找咨询师聊聊。然而,当我这位朋友跟我说:"你也可以跟他说说你的工作和事业呀! 这位老师可以帮你改名,甚至告诉你一些前世今生的事喔!"我当下自然一笑置之,毕竟我对算命这种事一向敬而远之。然而,这位朋友似乎早已帮我跟他那位算命老师预约好,要我一定去找他谈谈。

我那几天百感交集,心情有点紧张又有点忐忑不安,毕竟国外对算命这档事是比较陌生的,甚至很多人会以为这是一种交鬼的邪门巫术,必然会与魔鬼打交道,因此心生排斥。然而,我知道很多艺人朋友都会求神问卜,又见我这位朋友如此热情,这就是所谓的盛情难却吧,只好暂时接受。

认识台湾朋友之后,我曾经因缘际会,认识了一群"神婆"。说她们是神婆,是因为她们太爱跑庙和找人算命了。其中有通告型的女艺人,开小吃店的老板,几个现在变女网红了,还有一些影视圈的幕后人员。我曾陪着其中一位去找狐仙、拜月老,因为她真的太想遇到真命天子了,但我总忍不住跟她说,拜那么多的神仙,为什么你不去多认识一些男人呢?没想到她竟回我说,老师说我早婚一定是苦命,要赚钱养男人,甚至可能碰到骗财骗色的,我要晚婚才会碰到赚钱给我花又爱我的。我心想,所以到了某一个"够晚"的岁数,男人就会凭空出现跟你结婚吗?这也太诡异了吧!但也让我见识到,在部分华人中,算命老师的威力这么强大!

等时间到了,我如同准备上战场的军人一般,前往赴约,途中虽然惶惶不安,却也谨守命运的安排。不可否认,其实也充满好奇,想知道老师会跟我说什么。

到了算命老师的家,一踏进玄关,我就似乎有一种莫名回到过去的感觉。

"两位,请坐,请喝茶。还是……"老师盯着我看,继续说着,"还是你们意大利人比较习惯喝咖啡?"

我跟艺人朋友面面相觑,因为朋友没有事先跟老师说我是意大利人。他怎么知道我是意大利人?(当时我其实不是什么公众人物,顶多在电视上出现过一两次。)

"啊……喝茶就好,谢谢……老师。"我抖抖颤颤地回道。

"你知道马可·波罗、利玛窦、郎世宁这三个人是谁吗?"老师切入正题地问我。

身为意大利人的我,自然知道。他们都是打造东西文化桥梁、非常厉害的先锋。

马可·波罗(Marco Polo,1254年9月15日—1324年1月8日)是一位威尼斯商人,他曾跟着父亲通过丝绸之路到过中国,甚至还在中国当时的元朝担任过官员。有说意大利的披萨就是马可·波罗效仿中国的葱油饼,所发明创造且流传的。而他回国后,将中国经验口述成书为《马可·波罗游记》。他的游记让仰慕东方世界的欧洲人眼界大开,不仅增加欧洲人对中国的向往,也通过马可·波罗的叙述,了解了中亚和中国。虽然历史学界对马可·波罗是否真的到过中国提出强而有力的质疑,但今日谈到中欧交流史时,多数人还是会记起马可·波罗对东西文化交流有很大的贡献。

利玛窦(Matteo Ricci,1552 年—1610 年)是一位意大利籍的耶稣会神父、传教士与学者(在当时传教士通常也兼具知识分子角色)。1583 年来到中国,进行传教的工作,同时也将东西两方的思想进行交流,在中国被尊称为"泰西儒士",在西方则获得"天主之仆"称号。

郎世宁(Giuseppe Castiglione,1688 年 7 月 19 日—1766 年 7 月 17 日),也是一位意大利人,兼具传教士及中国宫廷画家的角色,许多人在中文的历史课本上都读过他的名号,被冠为写实风的代表之一。

这三个伟大的历史人物,是中意两国历史上打造文化桥梁、发挥最大贡献的先锋。那天,坐在地上,朋友在我身旁,算命老师忙着泡高山茶给我们喝。万万没想到,会耳闻后面老师跟我分享的一段话。

"我今天要你知道,他们全都是你的前世。"

我干瞪眼地愣住了,呆若木鸡。

"我……我的前世?不大可能吧!老师有没有搞错人?如此伟大的人物跟我有什么关系?"

"傻孩子。你为什么来到这里?"算命老师追问。

"一开始是为了攻读博士学位呀,后来就留下来了。"

"你再想一想,因果绝不能混淆。你攻读博士学位是果,我问你的是,是什么原因让你选择了这里而非西方的任何一个国家?"

"哦,因为自小就很喜欢当不同文化之间的沟通桥梁。自从我母亲失明后,我一直觉得文化不见得是跨国之间,盲人也有属于自己的文化,所以当我在帮妈妈与别人写信沟通之时,也是发挥跨文化桥梁之功效。其实我一直认为语内与语际翻译是一朵看不见的花,我希望能将花所代表的美好愿景与无限希望在翻译中呈现出来,让看不见这份美好的人,都能透过我的中介而有所得着。后来毕业后,我意识到在我的母国,有太多意大利人对华人有偏见与成见。所以,希望通过我,东西两边可以多一层沟通与对彼此的理解。就是一种使命感。"

　　"你这几年不就在许多学校任教并从事翻译工作吗?你的使命不就在此吗?"老师很严肃地问我。

　　"我……我没想那么多啦。我纯粹很喜欢分享不同文化罢了。"

　　"每一个时代都有一种独一无二的沟通工具。写书、传教、画画都是表达观念的一种管道。马可波罗的年代也许是写旅游书,利玛窦是传教,郎世宁是画画,我们这个年代就是媒体,无论是电视或新媒体。语言交流更重要。你非常喜欢尽己之力,让不同国家的人可以对彼此有更进一步的理解与尊重。你不觉得他们就是你的前世吗?"

　　一句接着一句,我只好瞎忙起来,假装细细品手中的那杯茶,但其实,我只是想避免安静的尴尬,因为实在不知道怎么回老师的那番话。那天,准备离开算命师的工作坊,他看着我对我补上一句终生难忘的话。

"我觉得这个世界虽然常常令人沮丧,但仍愿意为那些肯努力的人,腾出一点空间。找出愿意投入一生的领域,即使前景荆棘满布,但凭热忱,总能开出一条路。"

表达了谢意,给了红包,我与朋友就离开了。

"看吧!我就跟你说很有趣,有没有?所以以后要怎么叫你?马哥还是郎大人?哈哈,也太酷了吧!"我朋友逗着说着。

"别闹了。"我回他,扫他的兴似的。

这个算命老师好像很不一样,不像我以为的那种拿着命盘、龟壳、铜钱之类的工具,用生辰八字去算命,反倒像是一个咨商师或人生导师,跟我聊东聊西,引导我去思考人生的道路。我一路沉默寡言,沉思老师的那番话。

马可·波罗,利玛窦,郎世宁,Riccardo Moratto(莫冉,或韦佳德)。前世今生,文化桥梁。虽然至今我还是不相信如此伟大的先锋,全都是我的前世。我其实更倾向将这位老师的话当作"寓言",或是一种文学阅读的文本。也就是说,老师不是说我的前世真的就是他们三人,而是说马可·波罗、利玛窦与郎世宁等只是一个总称,指称文明交流史中无数位曾经从事语言与文化翻译工作的人。而我正是这些人之一。现在信息全球化,很多人、很多活动都属于文化交流的范畴;就算是在五六百年以前的世界,我就不相信全世界只有这三个人在从事文化交流,他们仨只是刚好在史书里占有一席之地,一定有更多人在默默推动着不同文化的交流。但我确实很佩服利玛窦的学养和知识水平,因为利玛窦确实深入研究过中国士大夫最在意的孔孟思想,也认真翻译儒家经典并寄回梵蒂冈(这些文献现在都收藏在梵蒂冈图书馆内);利玛窦也透过中国人习惯的思维模式,融入中世纪经院哲学,向中国人论证上帝的存在,这不是一般人能做到的。

虽然我觉得算命老师有点言过其实,又或者我上辈子真的都是这三人,但那又如何?历史巨轮不断转动,过去的人终究过去,现在的人总有这辈子该做的事,实在不用去想上辈子的丰功伟业,除非上辈子能让这辈子带来积极正面的能量。不过我还是觉得老师最后对我的呼吁,值得细细品味。

找出愿意投入一生的领域,即使前景荆棘满布,但凭热忱,总能开出一条路。

这不就是精彩人生的真谛吗?

那条路,我似乎找到了,你们呢?你们是否也找到自己的人生真谛呢?这个真谛不必是崇高而伟大的叙事,可能是在你身边看起来微不足道的日常生活。但是当你愿意正视这些细枝末节,或许你就能从中看出你的归宿与热情。

Translation is not a matter of words only: it is a matter of making intelligible a whole culture.

——Anthony Burgess

译者的工作不仅仅是翻译词语，还是在翻译过程中重塑一个易懂而完整的文化体系。

——安东尼·伯吉斯

文化与翻译

有一天，一位 ABC(出生于美国的华裔友人)朋友打给我，连一声"嗨"都没说，直接切入正题，诉苦说："天啊！我刚才超丢脸！"

"发生什么事?"我问他说。

"今天，有人请我帮他们翻译，突然之间对方提到什么……八大工业国组织之类的什么大峰会，我一头雾水，当下整个大出糗了。"

八大工业国组织包括加拿大、法国、德国、意大利、日本、俄罗斯、英国和美国，英文叫作 Great Eight（G8）。

"他们怎么会找你翻译啊，你又不是专业译者。而且你为什么出糗?"

"哎哟,我只是想要帮忙! 毕竟我在美国出生、长大的……我出糗的原因是,我忘了中文叫作八大工业国组织,所以我直接翻译成 G 八……"

我扑哧一声,紧接着跟他说翻译可不能乱接活。"难道,为了帮忙,你也会去帮别人开刀吗? 不会嘛! 这没什么两样啊! 都是专业领域。"很多人误认为双语能力强足以进行翻译作业。但其实,这完全是两回事,否则,我 ABC 朋友也不会出尽洋相。

其实,口译的目的是跨文化沟通,所以文化意识不可忽视,是一种看不见的花。称之为花,是因为口译的实质就是传递着一个语言的文化精髓;称之为看不见,则是因为这些精髓深植于语言的思维模式之中,必须深入体会才能得到。语言加文化可说是口译中的必备组合。在进行口译的过程当中,最显得出跨文化差异的地方就是笑话的翻译过程,因为笑点因文化而异。

常常国外嘉宾开个玩笑,自以为好笑,又或者在他的文化里确实好笑,但翻译成中文后一点都不好笑,中文人士也像鸭子听雷般莫名其妙,一脸狐疑地搞不懂笑点何在,不然就是硬着头皮跟着笑,避免场面太尴尬。所以当口译人员碰到这种情况,我们常常会跟听众沟通说:"刚才演讲者开个不能翻译的笑话,请大家配合笑一笑!"通常这样诚实交代确实很有用,听众一听便哈哈大笑。

所以，身为一个口译人员，不仅要熟悉你所使用的多种语言，还必须对该语言背后的文化有所理解。最好还要能精准辨认出，该文化里，其中的特定族群和地理位置，使用该语言的字词时，是否还有其他含义，这样才能更好地传达讲者所要传达的真正意思。如果口译员单凭双语能力就足以胜任的话，机器翻译早就完全可以代替人力翻译了。

2018年的博鳌论坛再次印证这点。2018年4月11日闭幕的博鳌亚洲论坛上，各国宾客云集，会场除了安排传统同传之外，也配备了中国腾讯研发的"腾讯翻译君"和"微信智聆"。这套系统的特色是，它会同步收录现场发言并做到实时翻译，会场大屏幕上也会显示中英双语的字幕，通过腾讯直播会议内容，也能让无法到场的人在网络收看。看起来好像很厉害的 AI 同传系统，翻出来的东西却常常引人喷饭，甚至事后有人把它整理成类似笑话集在网络上流传。比如，"一带一路"被翻译为（One Belt One Road），而 One Belt One Road 再翻译成中文，就会变成中国"有一条公路和一条腰带"；"是的，求你了"当这中文字出来时，网友瞬间出现大量狂笑脸，原来是有人说了"Yes，please"。除了上述两个例子，这套系统在翻译过程中，不乏大量无意义重复的冗词赘字和字符混乱的现象。这也是因为系统无法内化发言者的语言，熟悉两边的文化，加以精简传达。

一个好的翻译不仅仅是一个熟练的语言学家，也必须拥有善于倾听的能力，还要有同理心。最极致的展现，就是在重大事故发生时。跨国性的交通事故发生时,我们常会看到两国之间的口译人员在记者会上的重要性。我印象很深刻的是,中国台湾几年前曾有旅客在日本发生意外,日本那边的老板飞来台湾跟旅行社做说明,当老板一边哭着、鞠躬道歉时,跟在旁边的口译人员也跟着鞠躬下跪,哽咽翻译,当我看到这一幕时,内心有很大触动,事故固然不幸,但我庆幸那位老板找到了一个好的口译员。

想要从事翻译工作,对于非母语人士来说,口译可能是令人畏惧的。想要当口译员,除了具备杰出的语言技能之外,第二重要的就是与当地的人群创造广泛的联结,把自己当作文化的桥梁。

文化在翻译当中扮演着一个关键性的角色,我们可以从利玛窦的例子窥探一二。

明代晚期,意大利传教士利玛窦乘船远赴中国传教,他经过一番思考,选择用融入当地的方式传教。实际怎么做呢? 他做了一个大胆的选择:脱下传教士外袍,不再手持《圣经》,而是穿上了袈裟扮成和尚。

利玛窦为什么选择的是和尚的符号外衣"袈裟",不是商人打扮,不是吟游诗人,不是穿着西装礼服的样子?

最初的考虑点,是因为他认为当时中国最主要的信仰是佛教,为了争取那时候中国人的信任,他以和尚的形象,努力学习粤语和官话,这一扮就是十年之久。可在这十年岁月中,他又更深一层地发现,民众的信仰依旧是佛教,但他们更尊崇的是"万般皆下品,唯有读书高"的崇儒观,而中国知识分子服膺的是儒家思想,并非佛教。此时,他又做了另一个转变,他换上儒服,变身为学者角色,运用他前十年习得的语言基础,用当时的中文语法(现所称的文言文)写书,同时,也把拉丁文经典翻译成中文(当时的传教士必备的基础语言之一就是拉丁文)。

由于利玛窦本人对于天文科学十分熟稔,他画了世界地图,介绍并赠送天体仪、地球仪和计时用的日晷给中国官员,不仅成功获得士大夫的注目,也得到朝廷的敬重。至此,他获得了士大夫的接纳,在调适中西文化的冲击及差异下,始终不忘传教使命,最后用"六经注我"的方式将天主教融入儒家经典,用当时中国知识分子尊崇的儒家思想,来传播天主教。

利玛窦采取的路线与其他教派非常不同,他所采取的路线是走上层路线(利玛窦路线),完全不同于之后同为耶稣会士但反对"迎合"中国文化及祭祖传统等方式的龙华民(Niccolò Longobardi),可见利玛窦非常理解文化的重要性,奉行的是文化调适(cultural accomodation)原则,即"合儒"为原则,从社会文化与道德修养的角度迂回呈现天主教教义。这个策略他也使用在他所翻译的著作当中。

我对翻译工作的理解与期待,正如本章一开始所引用的伯吉斯名言"译者的工作不仅仅是翻译词语,还是在翻译过程中重塑一个易懂而完整的文化体系"。每当我翻译完毕后，一定会将内容重新仔细地审读一遍以上。在重新审读的过程中，同样的问题每次我都会不停地问自己："别人（目标众）看得懂我翻译出来的内容吗？有没有哪一句话会让人皱起眉头？有没有哪一句话会让人怀疑？我有没有忠于原著呢？我译出的文字是不是简单易懂？我用的这个字词适当吗？"

我个人认为，在所有翻译工作触及的领域中，医学领域最难实现"重塑一个易懂而完整的文化体系"这个境界。

有些人认为，翻译不过是一种技术性的工作，所以，要做好专业领域的翻译，只要有一份专业术语对照表就不成问题！而且医学类的文章、医学类的书籍有何难？不过就是操作过程加上一堆专业术语，只要术语对照无误，不会太难达成吧？

我只能说，医学翻译的工作不是只有做好术语翻译而已，你如果想要做好医学翻译工作，就不能停留在术语翻译正确的地步。

翻译是重塑一个文化体系的看不见的一朵花。以医学翻译工作为例：

医学翻译工作为什么是翻译这个行业的"大魔王"呢？（容我这里用电玩游戏的观点来称呼。）初接触时，碰到的困难就是医学领域的翻译通常具有高专业性及高技术性，包括内容与用词；当你实际操作时就会发现，医学翻译工作根本是自成一格的专门领域，而难以本土化，其主要原因有二,其一是普通用字在医学专业脉络中,有其特别的意义。其二就是医学类别的高度专业性,对于一个没基础的人,可能通篇的字看得懂却不知其意;就算有基础专业知识,但医学里又有再分科,一般医科生进入门槛比较低,但若到更细目分类,如遗传相关手术、分子生物学应用等,就连有基础的人也常皱眉不解。

直白地说,就是英文单词,在日常的使用上,与用在医学专业上,意义就会根本不同,这边我举几个最经典的例子,大家就能更明白我的意思。

一、Ventilated,如果在一般的用法中,会解释成通风良好的,但在医学领域里,它却可能是指称"呼吸器"。"Needs to be ventilated",常在一些医学案例里看到,这时候指的就是"必须使用呼吸器"。如果没有医学相关背景,恐怕会以为是"必须通风良好"。

二、Operation,一般查找的意思是"操作、行动",但在医学和生科类的文件中,常有"手术"的意思。

三、在医学文章,尤其是牵涉基因或蛋白质时,"Expression"指的是基因或蛋白质的表现,"Expression Levels"指的是表现量。

单就上面三个字词的对照,是不是就觉得难度加深呢?的确,人体本身的复杂度,尤其是关系着生命与健康,使得医学翻译工作承载着更多的责任,不管是新药申报、医疗器械说明、病历、医学文献还是医疗软件等,都直接关系到人们的健康。因此,医学翻译的质量至关重要。

好的翻译能精准传达,错误的翻译则会可能断送一条性命。

我以前常跟学生讲一个例子,某一款营养食品的成分中有萃取的中药材,可以安神,让人吃了好入睡,结果在翻译时翻成"安眠药"的成分,搞得送件没过,必须重来。

由此可知,医学类翻译必须精准且易读,翻译错误或词不达意,都会误导读者,甚至造成严重后果;翻译医疗器材的使用方法时,光是程序翻译错误,就有可能伤及患者;不够精准的翻译,甚至会导致新药上市被拒,原本可造福世人就此被打住。

再更深一层看,医学翻译本身又包含许多子领域,这些子领域也是有高度的专业性,比如,生物科技、药剂学、专科医学等,如"Tetra"在拉丁文中是四的意思,但在生物里,却是一种灯鱼的统称。

因为领域多元,读者也多样化,最基本的就是区分专业类读者与一般读者。所以,在进行医学翻译工作时,先确定好受众及作者文章的调性,才能把握意译与直译的结合。

最后,现在大型翻译工作通常不会丢给一个译者负责全部,而是多人合译,越专业性的文章,越需找该领域的人来担任复审的角色。请记住,就算是经验再丰富、能力再高强的译者,仍会有翻译不出来或卡关的时候。这时,能否通过与他人交流来克服障碍(平常多与当地人建立关系),也是译者必备的技能。

通过以上这些分享，我想大家应该懂得，现阶段的机器对译，仍比不上人类翻译对于文化细微处的观察，其细腻度仍是不得要领。正如文首引言所期许，在翻译过程中重塑一个易懂而完整的文化体系，才能称得上是一个好的翻译。

口译

之道

"You are just an interpreter."
"Countries have gone to war because they have misinterpreted each other."

—The Interpreter

"你只是个口译员。"
"各国纷纷开战，因为他们互相误解了。"

——电影《双面翻译》

口译人生

E.T.Hall 曾说："Culture is communication and communication is culture."文化无所不在、无处不在，文化塑造和主导着交际发生的条件和环境。从外在来看，虽然口译员沟通的方式是依靠语言，但语言其实充满各种错综复杂的文化因素。

口译这个行业已有三千多年的历史了。在古埃及的法老陵墓中已经有口译员，当时被称为 Dragomans。在古代中国，早在商周时期就有专门从事与北方部落和西边游牧民族交流工作的口译官员，被称为寄、象、舌人等。

我有一个朋友，从英国游学回来，她常常对我的口译人生充满着好奇："口译到底需要哪些条件啊？我英文学这么久，应该可以去当口译员了吧？"很多人以为只要外语很好，就"应该"可以胜任口译工作（顶多就是累一点而已）。事实上，口译员不只是要外语能力。毕竟我们口译员不是"Walking Dictionaries（会走路的字典）"。外语能力只能说是口译员基本功的10%而已。究竟，口译这种伟大的行业，到底在做什么呢？我想用一部电影来引题。

《双面翻译》是一部以口译员为主角的电影，女生出生于非洲某个小国。某一天在工作的耳机中，听到有人使用极少数人才听得懂的非洲部落语，讨论不久会到联合国大会发表演说的一位非洲国家元首。该元首在女生心中是个大坏人，本不想理会的她，因为发现自己成为凶手的追杀对象，只好报案寻求保护。而女主角在陪同探案的过程中，刻意隐瞒某些讯息不报，但办案单位因为找不到第二个会该非洲部落语的译者，只好半信半疑地信任。片中有许多关于翻译的双关语被提出，比如"Gone"不是"离开"而是"走了"。对双关语有兴趣的读者不妨看看。但我最喜欢的一句台词，就是女主角说的，"我相信语言和信念的力量"。

语言的力量，也是一开始我对口译产生兴趣的主因。简单来说，口译是指译员以口语的方式，将译入语转换为译出语的活动。

辛苦又伟大的口译员

在电影里,席薇亚的工作是"同传"(Simultaneous Inter-preting)。所谓同传,是指口译员实时即席为讲者做口头翻译,也就是说在发言者说话的同时,翻译员会以大概一句的时间差将发言者的内容转译给另一方的听者。但在这其中,节奏与语感却也不能落下太多,还要兼顾两种语言的内涵差异,尽量转达不差。等同发言者这端的讯息一进口译者耳中,口译者的脑袋便以不输给超级计算机的运算能力,马上经由口译者口中转换成另一种语言输出。

因此,这种"多任务协同"(multi-tasking)的工作能力,是口译员养成训练中极其重要的一环。在国际会议实务中,口译员常常在一间小房间工作,也就是"口译室"(booth)。在正式的国际会议中,通常一种语言会由两位口译员负责,两人轮流进行翻译。有人会很好奇为什么一定是最少两个人互相轮流。这是因为出于避免口译员精神负荷过重的考虑,每一个人做十五至二十分钟就需要休息,然后换另一人接棒。这意味着团队合作极为重要。

口译需耗费庞大的认知资源。姑且不论外语,你如果会闽南语(或上海话,或其他方言),你可以找朋友,两人一组试试看,他当讲者,你当口译员,现场翻译他所说的每一句话,持续三分钟。你会发现这三分钟内,你不仅要仔细聆听讲者说的话,还要理解、记忆(有时候可以用纸笔辅助),

记忆之后要先转换成另一个语言,最后输出。重点是这些工作都只允许在短短五至十秒完成,因为话语会源源不绝地输入,而你也必须源源不绝地输出。光是三分钟,大脑认知资源就已经耗费极大了。

我还记得有一次我刚刚结束一场台北国际会议中心的口译工作,那是一场三小时的研讨会。当研讨会结束,我从会场走出去,我大脑只能处理眼前道路。我只知道我在走路,但我却完全无法处理任何其他事物。我疲惫到明明捷运(地铁)入口在我眼前,我却一直找不到捷运站在哪里。我一直绕圈,过了快半小时,我放弃寻找,直接问路人。路人当时诧异地举起右手,指着离我不到一百米的捷运站口说:"不就在你左边吗?"由此可见,同传对于译者的体力、耐力和意志力的要求确实非常高。因为在同一个时间里,要将精力分配在很多不同的任务当中:听辨、理解、转换、产出、协调,而且还要对听众保持敏感,即使是超人,也会力量枯竭。

不同类型的口译

除了会议口译之外,还有耳语口译(Whispered Interpreting)。很多人也用法文术语来称呼耳语口译,叫作 Chuchotage。耳语口译就是口译员在听者的耳边轻声进行翻译,像是国家元首接待外宾、进行外访等场合,跟在元首身边的口译员;此外,也有电话口译(Telephone Interpreting),

由口译员为电话两端的人进行口译;手语口译(Sign Language Interpreting),口译员为手语使用者进行口译。相对于同传,还有一种可能也是多数人熟悉的形式,叫作"逐步口译或交替传译(交传)"(Consecutive Interpreting)。交传是指讲者讲到一个段落后,停下来让口译员进行翻译。如果参加过大型国际研讨会,或是一些访问场合,这是多数人可能比较熟悉的模式。最后,其实还有另外一种,就是视译(Sight Translation)。视译是指译员拿着发言人预先准备的发言稿,边听发言、边看原稿、边进行口译。这种口译的译员可能会因所译内容的机密性而无法事先知道内容,译员只有在译前几分钟才能拿到译稿,所以因为准备的时间不够多,不少人误认为这种口译很简单,但其实不是的,这种口译也相当具有挑战性。

回到一开始我朋友以为的"会外语就可以当口译员",我想大家应该可以初步明白,为什么说具有双语能力的人未必能够进行口译工作,因为口译工作不是只有外语能力,很大程度是记忆、组织、协调、速度及反应的协同执行能力。此外,超越语言本身而更重要的能力,是跨文化、跨领域沟通的能力。

口译是一场跨领域及跨文化的沟通

一个好的口译员,通常必须通晓至少两种语言,并且对这些语言在其文化或社会脉络中的运用,都要有一定程度的理解。最简单的一个例子,就是在中文使用者中,见面的招呼语是"吃饱了吗?"而不是"今天好吗?"当在转译时,如果知道这个中文的使用习惯,便会以"你今天过得如何?"或是"今天好吗?"的意思传达出去。

口译员在工作的当下,碰到有些用语、幽默或讽刺的社会性脉络时,要能意识到属于特定人群、地理位置,甚至是仅限于特定领域的某些非语言暗示或习俗。很多人以为跨文化沟通,说的似乎就是不同文化、不同国家或地区、不同民俗风情的沟通,但其实跨领域、行业、阶级,甚至是时代、性别等,都属于跨文化沟通。简言之,每个群体都有专属于那个群体的"文化规范",口译员如果能掌握那些文化规范,将有助于更好地传达讲者正在尝试传播的内容。

口译员不可能只接触自己熟悉的领域,他(她)也不可能只接特定领域的口译案。例如,我是翻译学专业,属于人文学科,但我不可能只要求接人文社会领域的口译案,而是常常必须接医学、营养学、工程、机电等领域的口译案。因此,我就必须主动去搜集这些领域的知识,这样我才能在口译过程中更好地翻译出与会者的话语。

跨领域是如此,跨文化更是如此。一个优秀的译者,必须要有非常敏锐的文化意识。同传需有大量语言知识及翻译领域背景知识,但这些都只是口译工作的基本功;每个口译员需要时时刻刻去精进的,是跨文化意识与理解。因此,从事同传工作的人,通常年纪很轻时就要开始各种训练。

我们要学习不同文化的习惯、风俗或禁忌,也要将其他文化的观点对照到自己母语社会的观点,才能做好连接不同语言用户的相互理解。如果看过电视剧《亲爱的翻译官》,我想大家也能更了解联合国对高级翻译官的培养过程。

口译是迷人的风景

可能有些读者朋友读到这里,会开始质疑,为什么还有人愿意投入口译员这种高压、高耗脑及高折磨性的工作呢?其实,口译员的工作确实辛苦,但是,口译工作也有它迷人的地方。我觉得口译简直是世上最好的工作。每一次口译工作,都是一次充满冒险与探索的经历。如今回首过去口译经历,我必须承认一件事,口译实在改变了我的人生。口译让我不断地挑战自己,一直学习新领域的知识,一次又一次激发肾上腺素迎接每一次的口译经验,永远都不缺乏刺激,而且通过口译也可以获得新知识。这是终身学习的实践。

诚如我前文提到,口译员常常会接触到无关自己专业的领域,大多数出身外语学院的翻译人员,都必须经历在特定行业或领域(即医疗保健、法律、商业等)工作的过程。这意味着他们需要在某个领域拥有专业知识,才能成为成功的沟通者,做好翻译工作。即使有人可能是一个令人惊讶、会十种以上语言的多语言者,如果他们没有医学背景知识、医学词汇和术语的知识,他们绝对无法在医院、在国际医学大会、在医学研讨会上进行口译作业。

学习过程是艰辛的，我也承认读人文学科的我要去接触医学是痛苦的，但是当我帮别人口译的时候，我也会比别人更先知道新知识或是新趋势。

换句话说，我觉得我们可以说口译是社会发展的风向标。口译最大的魅力，就在于每一次的工作中都会是一个全新的开始，而且永远想要做得更好，也都不会对自己的表现百分之百满意。一直不断提升自己的表现，久而久之，既能无所不知，又能有所专攻，自己也因此博识睿智，从而宠辱不惊了。只是，常识也很重要。因为有时候，因各种技术上的原因，口译员听不清演讲者的话，总不能沉默寡言，所以只能用我们对时事或对演讲者本身的常识来弥补这些漏洞。

我回想自从进入口译工作以来，大大小小的挑战都遇过，那些挑战都不断磨炼出我现在口译的功力。"一花一世界"，翻译正是一朵看不见的花，这个花的世界丰富了我的人生，更让我通过这个花，悠游于不同的世界。尽管当时的挑战与艰辛，曾经让我不断质疑自己的能力与选择，但这朵花始终引领着我的脚步，让我惊艳着世界的美丽。

Life is a tool for knowledge, as long
as we uphold this principle, we will
not only be brave, but also enjoy life
and laugh heartily!

——Niatzsche

生命是获取知识的工具，
只要秉持这个原则，我们不仅
会勇气百倍，同时还能尽情生
活且开怀大笑！

——尼采

知足"非"常乐

"译者之心有多大，舞台就有多大。"

这句话是我的老师在一堂翻译课上对所有学生所说的话。那名教授相当资深，拥有无数口译、笔译的实务经验。然而，在他说出这句话的当下，班上一片宁静，老师一看便知我们这些年轻人似乎不是很懂大道理。如今我回想老师上课的话，确实如倒吃甘蔗，越咀嚼越有味。

如果你有很强的双语能力，思维灵活能经常承受压力，对这个世界满怀好奇与探索的热情，那么，去学口译就对了。但是，要记住，选择做口译，不要为了金钱，也不要为了虚名，因为口译员其实也没有多大的名，永远都是重磅人物背后的助手而已,顶多就是大明星、大人物旁边那位小声与他说话的人,君不见每次有知名人物访华时,台上那位口译员的镜头多吗?有几个人记得住他的名字呢?所以虚名是没多少的。然而,口译的工作能给的,是让你通过提供专业服务,迎接挑战后的成就感,帮助别人实现沟通后的愉悦感。

我们常听到一句话是"知足常乐"。其实知足常乐原本的意思,跟今天大众的认知略有不同。原本是说,罪恶莫过于放纵欲望,祸患莫过于不知满足,过失莫过于贪得无厌,所以知道满足的人,永远是觉得快乐的。但如今有些人可能从字面上将"知足常乐"过度延伸,带了些被动与消极的心态。在人生中,确实懂得清心寡欲,懂得取之有节,只撷取"需要"而非"想要",我们会发现人生会轻省很多,快乐也唾手可得。然而,我们在工作上,可不能像人生一样到处"知足"。事实上,在工作上的"知足",很容易变成进步最大的障碍。正如口译,最忌讳"满足当前"而不求更高成就,"知足"反成阻碍专业口译员进步的最大绊脚石。当时我的老师所说,译者之心有多大,舞台就有多大,其实也就是这个意思。像我在联合国工作的同事说的,解决问题、超越自我是最让人乐此不疲的!而且更重要的是,如果今天你知足,根本不会有任何精益求精、更上一层楼的动力。精彩人生,可从口译开始!唯有如此,才会发现,知足"非"常乐。

Great cause is rooted in tenacity,
continuous work, with full spirit to
engage in, do not avoid hardship.

——Russel

伟大的事业根源于坚韧不
断的工作，以全副精神去从
事，不避艰苦。

——罗素

口译教我的事

自信

我小时候，是一个非常内敛、羞怯，又毫无自信的孩子。
我缺乏自信的原因，来自一段同学霸凌造成的住院梦魇。
这一切是在我高中时期发生的。意大利高中分五年。从高
一到高五，这五年，我没有一刻不被霸凌。我人生的那段时
间，真的没有知心朋友可以谈心或诉苦，甚至因为一直被直
接与间接霸凌，让我无法好好地建立自信。肢体上的暴力
或许老师们可以化解阻止，但这种言语、谣言式的、集体式
的霸凌，却是最伤人也最不容易被发现的。恶劣的孩子们，

也怕被老师责罚,所以选择用非公开、一种台面下的方式在霸凌我。于是,我就这样在阴暗谷底爬行。霸凌最惨的还不是单纯被各种羞辱,真正的惨,是一种沉默螺旋,也就是没有任何同学想要跟我当朋友,因为他们害怕与我走得太近而被认为是与我同一边的,也会跟着被霸凌、被其他人排挤。所以大家都选择加入排挤我的行列,毕竟,站在多数人那面,永远是最便宜行事的方式。

在如此隐讳过恶的环境之下,再乐观的人也会生病。我也不例外。在我高五的时候,我身体开始出现症状,得了一种由心理焦虑引起的干咳嗽。上课、上厕所、写功课……只要醒着我都会咳嗽,经常会听到我干咳的声音。这种情形只有在睡着的时候,才可以得着半分安宁。我父母看到我这样,自然为我担心,因此他们带我去看全国最厉害的医师,但是那位厉害医师再怎么检查,也找不到病因,直到有一次,我们拜访了一名非常有名的心理医师,经过他详细的询问后,他才判断我的疾病是由焦虑引起的。

有了心理医生的诊断,我们心里固然知道焦虑的来源,但知道归知道,没有摆脱来自霸凌造成的阴影,这种内心的焦虑也不会好,咳嗽更不会好转。我还是会继续咳嗽,直到一天晚上,我咳嗽咳到全身器官都在发痛,甚至发烧。我父母决定带我去挂急诊,就这么住院了。在医院的那段时间,我度过了一段不用回到学校的日子,我内心也变得比较轻松,果然,我的咳嗽慢慢好转。此外那个时候,我也开始练起瑜伽。一开始,我对瑜伽的伟大内涵也是毫不理解,我去寻求瑜伽,只是听说瑜伽对身体健康有好处。但随着我对瑜伽的渐渐投入,渐渐在瑜伽中恢复了身心的平衡,而瑜伽的健身效应的确救了我的命,使我从病痛转为健康,从被霸凌的虚弱心灵变得强壮现在的自己。

身体好转了之后,我回到了学校。虽然我还是很不喜欢学校,但是我持续着每周的瑜伽课程,这点至少舒缓了我不少在学校受霸凌引起的紧张情绪。有一次,瑜伽学校选择到我家乡正对面的厄尔巴岛做避静旅行,而这次旅行,也是我人生第一次接触到口译。那回当我们抵达厄尔巴岛时,带领我们避静的老师全程只说英语。我们瑜伽班的同学,除了我以外,大家几乎都听不懂英语,我因此扮演着为大家翻译的任务。就是这次的翻译任务,让我深深体会口译的博大精深。当时即使我懂英语,但是在我进行口译时,有很多英语语句是我当下无法直接对译到意大利语的,即便我完全明白老师的英语。这次任务让我体会到懂外语不代表能口译,口译确实是需要经过训练的技能。

如果说,是瑜伽救了我的命,那么,口译则教我如何培养自信。因为很多口译高等学校刚毕业的新人,根本鼓不起勇气开始承接案子,总觉得自己不够好,不够专业,不够厉害,不敢跨出第一步,缺乏安全感。在口译市场上,有一种说法,就是孤注一掷(Sink or Swim)。"Sink or Swim"是1929年美国生理学家怀特·坎农(Walter Cannon)所提出的概念,意思就是在一种特定情况下,人们采用本能反应,孤注一掷,成败在此一举。这也叫作战斗或逃跑反应(Fight-or-Flight Response)。不同的荷尔蒙雌激素、睾酮和皮质醇都影响人们如何对压力作反应。我那次在厄尔巴岛的经验,其实就是一种孤注一掷的经历。口译永远不会有准备好的一天,而是永远必须要在实战经验中"从做中学"的过程。所以只要秉持着孤注一掷的精神,勇敢一试,唯有如此,才能慢慢建立与培养自信心。

交际与沟通

除了自信之外,口译还教了我很多事,像肢体语言(Body Language)与肢体姿势(Body Posture)的重要性。

不管是哪一个民族或哪一个国家或地区的语言,其组成方式脱离不了字与词,像"火"是一个单字,"放火"就成了一个词。通常表达或说演译的方式不外乎听、说、读、写四大类,其他如我和朋友沟通用的手语,第二次世界大战同盟国与轴心国互相竞争解析的密码,都可以看作语言的一种表达方式。但就算没有上述的表达方式,我们仍可以透过观察身体的动作,也就是肢体语言(Body Language)达成沟通的目的。今天如果你跟一个人在舒适的咖啡厅谈话,对方双手抱胸,你会认为他对你充满不信任,甚至带有防卫心;如果对方不停地用手指敲打桌面,你会认为他是不耐烦的,就算他满嘴和善。如果此时他双手抱胸,身体是往后靠的,那你领受到的是此人完全轻视你的感觉。但如果是在零下 10 摄氏度的室外,对方双手抱胸谈话,只会让你觉得他在取暖,甚至会感受对方要跟你说的事带有急切感或很热爱这场谈话,才会忍受寒冷在户外谈话。又如老师在台上教课时,多数都是站着的,而学生是坐着的,老师就变成空间中的最高者,无形中会让全场都将注意力放在他身上。

在进行口译的时候,尤其是交传(逐步口译),肢体语言亦颇重要,因为你要传达一种充满着自信的讯息,观众要觉得你对自己所说话的内容很有把握,就算你根本不知道你在说什么,但是还是得充满自信地出口成章。这是一种心理策略,因为信心和肢体语言总是齐头并进。正确的肢体语言可以使你增强自信心。

另外,口译也教我在处理高难度演讲时,如何应对压力并且如何发挥自己的自制力。事实上,不是每个人都说话说得精确和清晰,而且有时候口音很难辨别。因此,即使在看似艰难的情况下,口译员也需要保持冷静与放松。

注意细节也是很重要的一堂课。如前几章所言,很多人误认为口译员等于"会行走的字典"。但事实并非如此。再资深、再厉害的口译员也是需要时间,才能充分准备任何一场会议。否则,后果难堪。所以,在承接各种研讨会、会议时,专业的口译员一定会要求主办方尽量提供与会数据、专业名词等,以求现场工作能尽善尽美。

专业道德观也至关重要。准确、精准与职业操守,都是必须敬畏的黄金规则。口译员是双方桥梁,因此承受很大的压力,而且不时面对挑剔与指责。但,无论如何,总不能表态,更不能利用工作之便谋取个人利益。遵守职业精神就是口译生涯当中的精髓。我曾经在詹成教授讲口译的书里看了一段很有趣的故事。一位曾在巴黎高等翻译学校任教,为几任法国元首担任英语译员的老前辈,在她退休之后,别人问她为何不写回忆录的问题时,她回答说如果写回忆录,将那些在世的或者已故的风云人物不为人知的事情公开出来,那对她的服务对象是不公平的。如此敬畏之心,就是每一位口译员应当保持的心态。

从事口译,总是会遇到一些比较陌生的领域。诚实面对自己,坦然看待工作也是不可或缺的态度。要做一名职业口译员,一定要懂得有所为有所不为。译者不要为了赚钱,什么案子都承接。钱是赚不完的,自己的名声却砸了、坏了,之后再也无法弥补,或很难再让客户相信你的本事。要尊重客户,尊重自己,尊重事业,尊重事实,维护口译的道德观及其健康发展。说到底,这是一种最基本的态度问题。尊重别人,他人才会尊重你。口译是具有尊严的工作(就像每一个职业一样),职业译者不应该"帮忙翻译",而是提供最优质的翻译服务质量。

口译员的工作礼仪

专业的口译员要不断提高自己的服务水平,精益求精,而且也要不懈地学习其他专业知识,如时间管理、项目规划、团队合作、合约制定、账目理财,等等。此外,口译员还要懂得耳听八方、眼观六路。曾经我同事跟我分享,在纷繁复杂的职业环境中,译者不可"不闻窗外事",低头只管做口译,而是专注工作之余,也要懂得处理情绪性状况,因为主讲常常会莫名发神经,专业译者得保持一副淡定、若无其事的样子。确实,在现场口译时,常常会遇到主讲脱稿演出或是突然迸出跟主题、专业或演讲内容无关的话语。口译员在如何充分准备、补充知识,也不能保证每次口译都完全是自己会的内容。所以,善用自己翻译专业,结合自己准备的专业知识,并不忘观察四周,掌握演讲整体脉络,才是以不变应万变的做法。

口译学生应该注意的还有 Booth Manners,也就是说同传箱(口译室)里面的礼仪。我教口译的时候,每当翻译一段话结束之后,我常常听到学生发出各种各样对于主讲的评论,这显然是忘记关掉麦克风,没注意到自己的个人评论已经被他人听见。懂得开麦克风,为何总是忘记关掉它呢?箱子里的礼仪也是口译职业训练的非常重要的组成部分。国际会议口译员协会(AIIC)对刚开始从事会议口译的译者提供的《译员资源》中,就清楚地列出了与 Booth Manners 息息相关的几条准则:

牢记同传箱是一个局促的空间,须有相应的行为举止;

会议文件保持整洁和有序;

切勿吸烟;

关掉手机;

不要佩戴会发出噪声、响声的珠宝首饰,例如手环;

口译员就各自喜好的箱内座位和灯光达成一致;

离开同传箱时将自己耳机的音量调低;

在不工作的时候保持安静(麦克风会传递所有的背景噪声,所以不要翻动纸张,不要进食和制造令人不快的噪声);

确保自己会使用设备。

看似简单的准则,却处处暗藏玄机。在高压力的环境之下,再简单、再理所当然的事情,也有可能会弄错,职业失信而出糗。所以,在接受训练的时候就要求自己养成良好习惯成反射动作,真正上场遇到突发状况时才能应变得当。

口译的意外收获

我真心觉得口译是一个令人奋发向上,且具有吸引力的职业。从事口译工作这么多年来,我的人生哲学是"你需要给十分,必定得准备一百分"。学口译的人也该秉持着这样的精神。

其实,除了教我这么多东西之外,口译改变我的人生的另一个原因是,在口译生涯当中我认识了各领域的精英,从他们身上也学了很多。我过去有幸担任过许多名人的口译,其中包括演员、歌手、医师、导演及政治人物。直到今天,我仍然对这些人印象深刻,是因为他们让我明白了何谓"语言弹性"(Linguistic Flexibility)。刚到台湾的时候,我还不大习惯台湾的普通话腔调。当我开始在台湾承接口译案时,一开始对我来说很是吃力的。不过,对口译员来说,习惯与适应各地不同的口音也是训练的很重要的一环。没想到马上可以派上用场!真的可以说孤注一掷,现学现用!如今我在回想这些年的口译经验,真的觉得口译这个行业好精彩,可以学很多。

情绪韧性

对口译员来说,无论资深或资浅,口译永远充满着挑战。

不会永远有一场游刃有余的口译,但也不会永远令人挫折。每场口译都充满未知数,但也因此更加迷人。对我来说,口译最美丽的风景,在于它教导我的"情绪韧性"。战胜一场口译固然高兴,但不是永恒;遭遇挑战时,依然从容迎接,随时调整自己。

口译、演艺与人生所遇到的经历都一样,最好的,永远是下一场!

Machine translation will displace only those humans who translate like machines. Humans will focus on tasks that require intelligence.

——Arle Richard Lommel

机器翻译只会取代那些像机器一样进行翻译的人。人类将专注于需要智能的任务。

——阿尔·理查德·洛梅尔

口译的未来

"机器翻译" vs 人工翻译

相信每个人在碰到不理解或是不会翻译成外文的句子时,或多或少都会上 Google 翻译或百度翻译或 DeepL,把不会的句子丢进去,等待几秒钟后,便可翻译出你想要的句子。科技越来越发达,碰到外国人却不会说外语时,往往只需要下载手机翻译 APP,对着翻译 APP 说话后,就能直接对着外国人播放外语句子。此外,不管是工作或学习,碰到不会的单字或语句,也只要输入屏幕并按下"搜寻",即可获得大量的数据和信息。这种情况与过去翻找辞典、多方比对的工作模式大相径庭。这不禁让人疑惑:有了机器翻译,我们还需要人工翻译吗?

我们先回顾一下翻译研究的历史。从学科发展史来看,翻译研究学科(Translation Studics)是很晚才发展起来的,而且发展之初也是建立在其他学科上。一开始,在还没有计算机的时代,翻译就是一个特别重视手把手传承与教学的技能训练。也因为是技能训练,当时的翻译,还不足以像文学、哲学那种传统学科的学术地位。一直到 20 世纪后半期,翻译学渐渐独立成为一门独立学科,其研究范围亦逐渐广阔。

近数十年来计算机科技的发展,计算机辅助翻译(称为"机器翻译")的程度已经越来越高,虽然机器翻译出来的语句有时候还是很别扭或不太通顺(虽然还可以理解),但其实在 AI 人工智能的发展下,机器也从每一次翻译失误中学习,因此翻译的质量越来越好。因此,现在翻译学研究者,关于机器翻译的概念也进步很多,从一开始对机器翻译的排斥,渐渐到今天抱持着半接受的态度。机器翻译,确实在当代翻译实务中扮演着非常重要的角色。

计算机越发厉害,面对机器翻译的进步,翻译专业人员亦不可避免在工作中借用机器翻译的快速性与大量性之优点。就连世界棋王与计算机下棋都未必能赢,甚至日本人都已经发明出一种同声翻译电话机,可以在一个人讲电话时,同时将所表达的意思转译成中文,也能同时把对方的回答转译成英文。长此以往,或许有朝一日,机器翻译也能达到人工翻译的高质量。

跨文化与语言使用才是人工翻译的强项

然而,机器翻译的进步,不代表人工翻译的式微。即使机器翻译在直接对译的工作上表现出色,但实务经验也告诉我们机器翻译仍有极大的缺失,无法就情境脉络、语用现象与文化差异等层面进行适当翻译。主要原因是翻译涉及诸多社会语言学、语用学及跨文化交际的议题,不是单纯形式对应、结构正确及语法规范的过程。

翻译,就是把一种语言—文化系统翻译成另外一种语言的过程。拉丁文 trans-latio 原词意义与汉语中翻译的"翻"具有异曲同工之妙。语言中有很多语用因素与跨文化沟通等因素,而且这些因素对于机器而言,不是单纯靠大数据、侦错学习等运算法就可以克服的。语用因素是指语言使用时,涉及的社会文化习惯,而有"弦外之音"或约定俗成的表达方式,而人们沟通过程其实都是靠着"弦外之音"或约定俗成的惯例来完成沟通的。例如,"你不觉得今天有点冷吗?"这句话不是真的在问对方是否觉得天气冷不冷,而是委婉地请求、命令对方关上窗户;"今天我又要开夜车了",这句话并不是说自己今天晚上要驾驶一辆汽车,而是指熬夜。机器翻译只能从文字表面形式中透过一对一的比对完成翻译,但是人工翻译除了寻找文字表面形式的对应性,也会再经过一层校正、筛选及调适的过程,才完成翻译(虽然多了一道程序,但是人脑的精密性能快速处理这一道程序不影响整体翻译,当然,前提是翻译者熟悉跨文化差异)。

不仅语言因素,跨文化沟通因素更是人工翻译不可被取代之处。每个语言所使用的词汇,背后都有其言谈、历史或文化脉络的铺陈。例如,单纯一个"Representation",对应到中文,就有可能因为不同脉络,而有不同翻译方式,在一般商务场合会使用"代表",在文化研究场合会使用"再现",在语言学研究场合会使用"表征"。如果今天在一场文化研讨会上,机器翻译将某位学者的"Representation"翻译成"代表",与会者无法立刻领悟到这位学者使用该词时所表达的理论意涵,因为无法勾起背后的理论框架及知识背景,甚至会阻碍与会者在研讨会上的知识交流。至于跨文化的翻译,涉及不同词汇本身带有的正面或负面色彩、词汇意义的些微差异等。这种差异,也不是机器翻译能够察觉的,必须要靠人工翻译对不同文化的理解与体会,才能分辨出来。

其实,第一线的翻译人员应采取取长补短的整合态度,不仅将机器翻译纳入翻译工作的流程以提升效率,更可将机器翻译作为培训新一代专业翻译人才的利器。很多翻译专业的老师已经体认到,与其严厉禁止,不如与时俱进,担当起指引学生的责任,帮助他们了解如何适当地使用现有工具,并且叮嘱他们要确实了解计算机仍然不敌人脑的地方、无法做适当翻译的决定,更进一步地引导学生认识翻译工具有何缺点。现在部分学院派的翻译训练课程,已经摆脱传统老师向学生单向输出与接受的过程,会将机器翻译纳入整个翻译训练的过程。这种训练模式下的训练,是将单纯的、机械性的一对一单字翻译交给机器,翻译老师着重引导学生在数量庞大的翻译信息中筛选过滤(不)适用的数据与融会贯通的知识能力。

沟通

之道

The most important thing in communication is hearing what isn't said.
                                    —Peter Drucker

沟通中最重要的事情是：
听出没有被说出来的信息。
                    ——彼得·德鲁克

逻辑思辨

前文提到我喜欢坐捷运观察人生百态。根据我的观察，那些希望小孩从小就中英双语的家长，往往对中文的要求是可以沟通就好，英文则是要精通，此举却造成孩子容易两头空。这是因为语言不只是沟通工具，更是一种思考逻辑的展现。

我在大学教课的时候，我喜欢用问句的方式去引导学生讲出想法与回答问题，但如果我再用问句去问那个回答问题的学生，通常换来的是该生对自己的答案不确定，甚或是一阵沉默。这时，我才发现，现今许多大学生普遍没有足够的独立思辨能力。

是哪里出现了问题呢？为何在我学习过程中，常用的学习方式却对大学生有点沉重？

这又是一个跨文化的差异。东方式的老师教导学生，倾向于老师讲学生听，君不见在华人社会，一般人对小学的印象就是一群孩子坐在座位上，摇头晃脑复诵老师念的课本内容；相较于西方，君不见所看的一堆电影中，一定是一堆小孩疯狂举手回答问题，或是狂问为什么，甚至到有点为了问而问的程度。这样的状况，代表着东西方文化对学习的认知不同。但随着时代进步，不管是东西方，我们都希望每一个成年人有逻辑思辨的能力，这个能力可以帮助我们看清真相（真相又是什么，这是另外一个问题），当然，也可以帮助我们与不同个体间沟通。

在教学场域中，我深深体验到"思辨能力"（Critical Thinking）是帮助提升学生语言思考逻辑的必要能力。所谓的思辨能力，应该是个体的独立思考行为。当个体看见问题（或事件）时，能提出解决方法，设定假设（Assumptions），检视逻辑的合理性，分析证据，论证并评估优劣（Pros and Cons），最后做出判断，得到客观的结论。而在这样的过程中，必须搜集够多的线索来帮助判断，所以必须有阅读材料的能力，这就牵涉对材料的理解甚或读懂语词的能力；或是牵涉到人（要与之谈话、采访），这就牵涉与人沟通、读懂他人话语的能力。

这样的逻辑思辨如何习得呢？

当然不可能是一个口令一个动作的方式。我建议如果是个人,当你在听、看的时候,不妨开始思考"为什么是这样,如果是那样呢?不可以吗?如果有第三种方法,会更好吗?"。以过去欧洲社会时常讨论废核与否为例,你可以先思考看看废核有哪些好处,哪些坏处?不废有哪些好处,哪些坏处?又或者有中间性的做法?在寻找数据与论点的同时,或许会形塑出自己的看法,这时,这样的思辨就内化成自己的东西。当然,不是每件事都有对错,当你有这种想法出现时,恭喜你,你自己有了独立思辨的能力。

我知道,很多学生热爱群体性的学习,好似不如此自己就是异类似的。此时可以用一种团体练习的方式,让两人同读一篇文章,第一人讲述对文章的看法后,第二人讲述对文章的看法,第三人统整前两人的话语,询问是否有认知错误。如果有,由第四人统整第一与第二人话语。借由这样的方式,可以发现,光是看同一篇文章,大家的理解就可能千百万种。

另一种稍难一点的练习方式,则是大家各选一本自己喜欢的书,用约十五分钟的时间将书介绍给其他人,这时会发现如果有人听不懂,那就换句话说、长话短说;别人介绍完,我们听不懂就提问。在这样的过程中,训练了沟通的能力,也锻炼了讲书人的语言逻辑。持续一段时间,在讲书时就会发现,表达的重点可能有哪几点?哪个段落要具体描述才会让人更清楚?哪些内容是十五分钟内可以讲完的?

借由这样的训练,逻辑思辨能力自然变好。当然,与人沟通的能力也会更佳,更别说对语言或文字的掌握度能更精准了!

怒不过夺，喜不过予。
　　　　——中国哲学家荀子

He does not commit the excess of
snatching things back out of anger or
that of giving things away out of joy.
　　　　——Chinese philosopher Xunzi

情绪管理

不管是面谈、讲电话,视频、书信往来,都是属于沟通的一种形式,但沟通真正的含义,绝对不是只在讲话谈天本身,也不仅仅只在书写本身,其中还包括一个重要的因素——情绪。进行沟通时,到底要不要有情绪,到底要把情绪表达到哪一种程度,我觉得要视场合与事件而定。

以专业口译者而言,当我们在进行专业会议口译时,基本上是不能带情绪的;又如在联合国的厢子里工作时,就算谈论的话题是战争、人权等严肃性的话题时,我们在口译时,也是要尽量避免情绪性的用字与语调。但如前文所提到,日本的业者到中国台湾开记者会时,随行的口译员跟着下跪哽咽道歉,这时口译员的情绪跟着业主走,却不失专业,反倒充满温度,令身为口译者的我充满激赏。

跳脱专业领域,一般人在生活、工作上,在做沟通时,往往被情绪左右。尤其我观察华人普遍从小到大在家庭的生活,父母不太会教你如何管理情绪、排解情绪、表达情绪。这跟我从小的生活经验相差甚远。从小我妈妈就会一直跟我说我是她最爱的小宝贝,我爸爸说我是他的小麻雀,我也会觉得最爱妈妈且不吝惜表达。也因为这样的差异,让我认识的大部分华人,不会抒发情绪,使情绪变成了沟通障碍。

在我任教的过程中,我的同事都是华人居多,曾有一个女同事跟我分享她的妈妈总是用负面词语在跟她说话,就算她已长成一个成年人(且经济独立)还是一样。比如,老妈妈打电话给她的时候,就会说:"你当教授就了不起啦!别忘了我还是你妈,长大了啊,可以不回家了是吧!哪天我自己死在家里你都不知道……"听到自己的母亲这样讲话,总是会让她情绪受影响。她也曾为了这个问题苦恼,直到后来我提醒她,中文沟通语境很多反话存在,你是当事人可能没看清。事实也是如此,她的状况只是一个老妈妈想小孩儿,想要小孩儿回家陪陪她甚或一起吃个饭,但老妈妈却用了最坏(或最不理想)的沟通方式,用恐吓威胁的方式对自己的小孩讲话,其实老妈妈只要温柔地说声"孩子我好想你,回家来让妈妈看看",不就是一个可以让双方都开心的

"正向"沟通方式吗?

又有一次,我听到一个大男生在走廊急急地对电话另一头发怒,对象应该是他喜欢的人又或者是女友,只见他气急败坏地说"跟谁　起吃饭?你怎么去的?你怎么有钱去吃",我不禁很想走过去拍拍他的肩,跟他说:"孩子,你这样子会吓跑人的!"那个男生被情绪掌握,无法做好自身的情绪管理,他最本质的需求可能是想跟对方说"我不喜欢你跟别的男生去吃饭,因为我很在乎你",但他一连串质疑的口气发出问句,可能当场就断送他的恋情。一连串质问与真诚说出想法,哪一个比较能达成沟通的效果与目的,不证自明。

所以,要做好与人沟通的第一步,就是要掌握自身情绪,才能"真正"说出自己想讲的内容。通常,用正面情绪沟通时,对方是不会反感的。因此,我这边就负面情绪(如愤怒、生气、委屈等)的部分来说明。

第一步就是先记录发生负面情绪的状态(包含人事物及地点),借由这种方式,或许可以分析出引发你负面情绪的特定关键,这有助于你掌握自己的情绪,但前提是你要先认识"你的负面情绪有哪些"。比如,我自己曾因为学生迟到而不开心,但这个不开心的情绪是一次次的积累,有一天我差点就大爆发了!此时,我告诉自己,不能叠加,他们不是同一个人,况且我如果怒气大发,学生听得进去吗?于是,我语调平静地告诉学生:"迟到不尊重我也不尊重自己,更不尊重其他准时的人。如果你想迟到,请下一节上课时再进来。"随后我又继续上课,而那个学生,此后整学期再也没迟到。

愤怒、生气这些负面情绪,一般人很容易理解,但"委屈"这一种,却是许多人不经意在沟通中犯的错。这也是我在华人社会生活多年,才发现的一种会影响沟通的情绪。就拿我自己在学校任教的经历,当时我工作的地方,有一个空缺职位很不错,可以成为正职员工,还能有计划补助。就我所知,有两个人在竞争这个位置,而且他们的学历等不相上下,最后,A 男升职,B 男则留在原本的位置。没想到,人事消息发布后不久,在跟 B 男喝咖啡时,我就听到他跟我说"你说,他凭什么升上去? 他的论文都是学生帮他跑资料的"。后面就是一长串有关 A 男的人品、德行等的评论。我听懂了他的语意,其实背后的意思就是他觉得"为什么升到那个位置的不是他",但 B 男却让委屈这个情绪影响他的表达,无法好好说出真正的意思。而且,他当时抒发的对象是我,如果是他的上司呢? B 男不就变成一个背后说坏话的人? 如果长官读不懂他的语意呢?

一旦觉察自己会被负面情绪影响沟通时,该如何是好? 深呼吸是一个不错的办法。但如果沟通的情境不是面对面的,我建议可以善用通讯软件,尽量使用中性的词语去表达,也可以达到好好沟通却不用冲突的状况。

负面情绪下,还有一种表达方式就叫作"不说话、不表达、只沉默"。这样的表达方式不使用到口语和文字,却可以让对方察觉你对现况感到不愉快,但因为这种表达方式少了文字或口语,全需仰赖对方"读懂空气"(容我借用日语"空気を読む"的概念),也就是察觉情境氛围。再更直白一点说,也就是对方要有"察言观色"的能力。所以这种沟通方式,只能运用在像日本有"读空气"训练的文化中,或是用在你觉得没那么笨的人身上,不然碰到一个你沉默表达不快,他却只是觉得你讲话累了,只会加深自己的不快,搞不好还更愤怒。

If you want to be a good conversational speaker, you should first be a person who listens.

　　　　　　—Dale Carnegie

　　如果希望成为一个善于谈话的人，那就先做一个倾听的人。

　　　　　　——戴尔·卡耐基

少说多听

　　减肥界有句名言"真正的自律是从管住嘴开始"，指的是吃得少、不吃零食等自然减肥就成功一半。管住自己的嘴除了有减肥及保守秘密的功能，在沟通的情境中，还有另一个意义，就是多听少说。很多时候，与人沟通的最佳方式，并不在于你表达了多少、你说了多少话、你讲了多少话让大家哈哈大笑，而在于你聆听了多少，你是不是有给别人一样表达的机会。

　　我在教书的时光里，发现班上总有几个这样的学生，他们可能是意见领袖，在团体谈话中，总是话最多，主导谈话的进行，五人分组的讨论，他发表意见可能占了三十分钟以上,剩下二十分钟其他四人共享。近几年发现又有一种"怕冷场、爱填空白"的学生,他们怕气氛冷场,无法忍受一秒钟是没谈话声的,所以总会很快地接话去讲或起话题,这样反应没那么快的那群人插不进话。而这种类型的人,其他人给的评价,不是他很活泼、话多、意见多,就是有点自私、有点自大。

异地而处,这样的自己你喜欢吗?

另一种需要少说多听的沟通模式,据我观察,通常是在上对下的情境中,这包括职场上、夫妻、亲子间,通常沟通的两方是有强弱或阶级的关系,因而造成沟通方式容易是单向的。要改善的方式就是强或上的那一方需要少说多听,听懂对方内心的意思,才能达成好的沟通。

举例来说,因为从事教育事业,我曾遇过家中有叛逆期女孩儿的妈妈,而这位妈妈本身也是位教师,她的烦恼就是女儿不听她的话,穿短裤去打工,她不喜欢,回家不喊一声,她不喜欢,大半夜不回家,她不喜欢……从头到尾,我就一直听到她在倾诉她对女儿的苦恼,却听不到任何她女儿的想法。于是,我问她:"那你女儿是怎么想的?"瞬间,她哑了,无声了,眼里似乎含着泪。

"或许,你该少说点,多听听你女儿的想法。"我这样轻轻说着。

"我是她妈,难道我会害她吗?"

"当然不会。但她应该更想要一个可以分享快乐和痛苦的妈妈。"

于是,我想到了我的爸妈,尤其是我亲爱的母亲,她总是不厌其烦地问我:"今天过得好不好?""我的宝贝今天开不开心?""有什么快乐的事情要跟妈妈分享?"而每当我跟妈妈说着异乡奋斗的辛苦,她总是会用一种慈爱的口气跟我说:"宝贝,妈妈很开心你跟我说这些!妈妈好爱你呀——"这种倾听的陪伴,是我心灵上一个很大的支柱。我想,这位教师妈妈,她只是忘了一件事,那就是多听、少说、多陪伴。

大人与小孩儿说话的时候,要弯下腰,蹲下身子,眼睛看着他们的眼睛,才能听见孩子们真正要说些什么。位高者,必须低下身子,才能听见其他人的话。《哈佛商业评论》指出,聆听有如"受人忽略的领导工具"。上班族的你,一定遇过这样的状况,大家一起进会议室开会,老板宣布事项就耗掉一半的时间,主管再回报一下进度,一个上午就不见了,等到回到工作位置,又要再开一次部门会议,传达的事项几小时前才听过,那一天就在会议满满中度过,手上的工作该做的还没做,最后只好摸摸鼻子来加班。这时你脑中浮出一个想法:不对呀,老板跟主管规划的时程,我根本赶不上呀!这是要逼大家拿出百分之两百的工作力吗?

职场上,哪一个员工不是希望老板可以多听听员工的意见,毕竟我们才是真正做事的人呀!可上述的状况就发生在,老板没少说多听,员工也找不到切入点与主管好好沟通。

所以,适时的少说多听,可以让你更了解对方真实的想法,也有助于你明白当下的状况。记住,少说多听是为了获得充足的讯息,好让做出的判断能更完善。

The big three blind spots are tone of voice, facial expressions, and body language. The listener is very aware of these, the talker is not.

——Douglas Stone

三大盲点是语调、表情和身体语言。听者清楚地意识到这些方面，而说者则意识不到。

——道格拉斯·斯通

肢体语言

沟通不只是要在文化语境中，彼此对语意的了解一致，还需搭配当下的情境，说话的口气、语调，甚至是非言语的部分。而这个时候，肢体展现的状态，就是另一种表态。加州大学洛杉矶分校心理学教授艾伯特·麦拉宾（Albert Mehrabian）博士曾提出一套经典沟通理论，指出人与人之间，最多的沟通其实是来自肢体语言，在沟通情境中，参与人员接收讯息的来源，只有 7% 来自我们所说的话，跟话语相关的"语调"占了 38%，高达 55% 的理解不是来自话语，而是来自非话语的肢体语言，包括说话时运用的身体动作、手势、表情，等等。

所以,看懂肢体语言,更能帮助我们与他人沟通。

不知道大家有没有这种经验,在大楼搭电梯时(尤其在上下班时间),电梯里总会有那么一个人,脚不停地打拍子,也会有那么一个人,只要不是他的楼层开门,他就一副不爽的样子;还有那么一个人,不停地看手表或是拿手机出来看时间。以上这些非语言的动作,代表了什么呢? 表示他们很急、赶时间、不耐烦,而这些归因我们又是怎么知道的呢? 小动作泄露了他们内心的想法。

依照这么多年来与人沟通的经验,我分享几个我觉得很有用、可帮助判读的肢体语言。

一、皮笑肉不笑,他不是真的开心或难过:如果一个人是真的因为有趣或开心在笑,那么眼睛是会跟着笑的,甚至会让他们眼周产生微微纹路。我发现,在东方文化中,人们常常用一种有礼貌的微笑来隐藏他们真实的想法和感受。这和我在西方所接触到的不一样。在意大利我曾为了不让父母担心而强颜欢笑,但我还是做不到皮笑肉不笑的程度,只能苦脸加上言语说没事,但礼貌性的微笑在华人社会却是常遇到,相信很多人也同我一样,为这个感到苦恼。这种时候,就看着对方眼睛吧!

二、手臂交叉在胸前,就算谈话轻松其实也不赞成你的意见:手臂交叉在胸前做出防御姿势,是自我防范性质很强的一个姿势,通常在沟通过程中,如果对方开始做出这个动作,却又点头微笑,就可以发现对方真正的想法是,"你说的我不喜欢,我不赞成你的看法"。

三、一直看你的眼睛,可能在心虚:我小时候受的教育是,跟人说话要看着对方的眼睛。但到了这里,我发现很多人讲话不是看着对方的眼睛,很多人是用一种失焦的方式在看着。以我自己的经验,两眼四目认真对看,大概十秒就是一个极限,我这里指的是谈话中每隔一段时间会对看,每一段有可能几秒钟。但有一种状况就是对方死盯着你的眼睛,甚或狂点头,表现得好像对你谈话内容很有兴趣,其实这是一种"过度补偿"的行为,意即是矫枉过正的行为。通常,这种眼光会让你不自觉地感到不舒服,除非你过度沉溺在自己的话语当中。

一旦知道肢体语言成了判断沟通状态的一部分,就可以善用这样的优势去辅助表达。举我自己为例,我的身高并不算高,在一群人当中,如果以身高论,我会被淹没。所以不论何时走路、出席各种需要我的场合,我总是抬头挺胸地走路,或是用一种开放轻松的方式走路(但看起来不是松散),因为这样的姿势会让看到的人,觉得你是位阶较高或是充满自信的。

肢体语言除了辅助表达,也可以制造假象,创造对自己有利的景况。试想,你看到镜中的自己会觉得讨厌吗?答案是不会的,所以我们会对跟自己有相同感受甚至有类似动作的人投射一种莫名的好感。这就是我们常提到的共情或共感。所以,如果你要在一场谈话中让对方对你产生好感,可以从简单的模仿开始,比如对方喝一口饮料,你也跟着喝一口;对方调整了一下衣服,你也跟着理一下领子;对方动了动身体,你也学着他动一下,轻易地,就可以拉近对方与你的距离。这样的同步性,如果运用在有好感的人身上,或许进一步的认识就不远啰。

　　总言之,在华人社会生活将近十五年了,我发现大家都很会用一种委婉方式来表达自己的想法。比如,同我一起逛逛街边卖场,我兴高采烈地逛着,对方却走了一圈停留在门口边的货架上,有可能他真的对门架上的商品感兴趣,但大多数时候是他对这店家没兴趣也不好意思催我,所以站在门边假意在看商品,实则是想赶紧离开。所以当你意识到肢体语言的重要性时,也才能读懂对方真正想表达的意思,进而避免自己被表面上的话语给迷惑了!

后记 保持对世界的好奇心

交换彼此的情报、对事物自身的看法,让生活中的大事琐事都能进行且发生,这是沟通带来的便利及好处。但我认为沟通另一个重要的价值,是让我得以到华人社会认识一群好友,也是展现自信、体现自我价值的一个渠道。

作为一个专业的口译人员,我对自己是有使命与期许的,吾常思,语言的优美与精练,到底有没有办法在两个语言间取得平衡,还是只要求达意即可? 在进行许多翻译、口译案例的过程中,只有一个体会,这世上的知识真的数不胜数,知道越多,越感叹宇宙的宽广与自身能力的渺小,所以,只好今日胜过昨天,每一日的我都比前日多知道一点事,多阅读几页书,以求面对挑战时信心更足。

本书的缘起是因为我观察到华人社会的一些现象,我身处的环境中看到许多还怀着美国梦的人(虽然已经开始有人反思应该以自身优势为出发点),但那群怀着美国梦的人,着实蒙住了大家的眼睛,认为外国的月亮比较圆、白皮肤金发就是王道、兜上外国人就高人一等似的。所以我想借此书呼吁我身旁的亲朋好友,不要妄自菲薄,你们有丰富多元的文化,族群多样,再多点创造力,再多点开创性,开阔眼界,相信还是有很棒的发展空间,我是真的这么想。

另一方面,在整个亚洲,从事口译是一个充满挑战,却又带点孤独感的职业,很多人以为外语能力好就可以来做口译,这就像是觉得文字能力好就能去写小说当作家一样,或但凡有手指,就可以成为专业的钢琴家。我感受到对口译员的不尊重,但同时又感受到对口译员的高度需求,这种矛盾,让我更想以这本书让大家知道口译员到底在做些什么,他们又需要具备哪些特质,需要具备哪些工作能力,真的是一个外语好的人就能担任吗?

我由自身的经验出发,尝试将跨文化翻译、母语的重要性、沟通的诀窍,以深入浅出的方式,让读者们知晓。更重要的是,我想让大家理解,从事口译、翻译是需要热情的,是需要保持对世界的好奇心的。也许,所有工作都一样,勿忘初心就能充满冲劲呀!

感谢我的爸妈,没有你们就没有现在的我。感谢天天无条件地爱我的你们,若不是你们,我不会走上这条道路。感谢抨击过我的人,谢谢你们让我成长,是你们让我认知到深入当地文化的重要性。感谢在口译路上一路扶持过我的人、同侪及前辈,因为你们造就了如今的我。我也要感谢阅读整本书稿并给出修改意见的帝凯。最后,我也要感谢河南文艺出版社给予拙著得以面世的机会。我谨以十二万分的感激之心,向每一位帮助过我的人致意。